전병헌,
비타민 정치

생·활·속·의·땀·방·울·을·소·중·히·여·기·는·아·름·다·운·정·치

정병헌, 비타민 정치

전병헌 지음

초판 인쇄 | 2007년 09월 01일
초판 발행 | 2007년 09월 05일

지은이 | 전병헌
펴낸이 | 신현운
펴는곳 | **연인M&B**
디자인 | 이희정
기 획 | 여인화
등 록 | 2000년 3월 7일 제2-3037호
주 소 | 143-874 서울특별시 광진구 자양동 680-25호(2층)
전 화 | (02)455-3987, 3437-5975 팩스 | (02)3437-5975
홈주소 | www.yeoninmb.co.kr
이메일 | yeonin7@hanmail.net

값 10,000원

저자와의 협의에 의하여 인지는 생략합니다.
ⓒ 전병헌 2007 Printed in Korea

ISBN 89-89154-86-0 03810

Vitamin politics

전병헌,
비타민 정치

생·활·속·의·땀·방·울·을·소·중·히·여·기·는·아·름·다·운·정·치

연인 M&B

　　17대 국회에 등원하면서 국민의 생활에 꼭 필요한 정치를 하겠다는
다짐을 되돌아봅니다. 비타민이 우리 생활에 꼭 필요한 존재이듯이 정
치 또한 국민 생활에 활력을 줄 수 있어야 한다고 생각해 왔습니다. 국
민의 삶과 생활을 중심에 놓고 펼치는 정치가 바로 '비타민 정치' 입니
다. 17대 국회 등원 이전부터 '비타민 정치'를 주창하며, 생활중심정
치를 펼치고자 노력하고 실천해 왔습니다.

　　『전병헌, 비타민 정치』는 국회에 들어와서 쓴 정치 칼럼과 정책 칼
럼, 각종 기고문과 에세이, 대변인 시절 기억하고 싶은 논평을 엮어서
비타민 정치에 대한 열정과 철학을 담은 책입니다.

　　〈새로운 길〉은 대통합 과정에서 범여권의 대통합의 큰 방향과 원칙
을 주창하고, 외로운 길이었지만 옳다고 확신하고 그 길을 걸었습니
다. 대통합의 과정은 그 분열의 갈등만큼이나 험난했습니다. 제3지대
에서 대통합의 자세와 철학을 흔들림없이 지킨다는 것은 분명 어려운

결정이었습니다. 단순하지만 '나부터' 라는 원칙을 스스로 지켜가기란 그리 간단한 문제는 아니었습니다. 범여권의 대통합을 두려워하는 수구보수세력들은 여전히 대통합의 과정을 또 다른 분열과 지리멸렬함으로 묘사하기에 바빴기 때문입니다. 그럼에도, 우리는 비록 부족한 모습이지만 대통합의 역사를 이뤄내었고 새로운 정치, 새로운 세력으로 거듭나기 위한 첫 걸음을 떼었습니다.

꿋꿋이 지켜낸 '제3지대' 에서 한나라당의 손학규 전 지사를 향해 수구냉전세력의 서자로 머물지 말고 평화민주세력의 본영으로 돌아오라고 공개적으로 촉구하였으며, 기득권 제로지대인 제3지대에서의 대통합만이 국민에게 희망과 신뢰를 줄 수 있다는 확신을 실천으로써 주장하였습니다.

〈변즉생, 생즉변〉은 정치권이 국민에게 실망과 좌절만을 안겨주고 정쟁과 기득권에 얽매이는 현실을 개탄하며 비타민 같은 정치를 갈구하는 마음을 담은 글입니다. 무엇보다 정치권은 누구를 바꾸려 하기 전에 스스로 먼저 바뀌어야 하며 스스로 먼저 행동해야 합니다. 노동운동이 스스로 변화를 선언하고, 정부가 혁신을 이루는데 반해 정치권은 과거의 관습과 타성에 젖어 있는 것은 아닌지 돌아보게 되었습니다.

또한, 국회보 등에 기고한 기고문에는 국민에 봉사하는 국회의 정체성에 대한 근본적 질문을 던지며 17대 국회의 변화와 혁신을 주문하였으며, 국회가 정상적인 삼권분립의 한 축으로 서기 위해 절실한 '국회입법조사처' 설치를 주도한 의원으로서 새롭게 설치된 '국회입법조사처' 가 국회의 입법 및 정책 기능을 강화하는 싱크탱크로 자리매김해야 한다는 취지의 기고문을 실었습니다.

〈절망을 희망으로〉는 구업(口業)을 쌓는 자리라는 대변인을 하면서 쓴 논평 중 그나마 정쟁적 요소가 없고, 인간적 고민이 묻어나는 몇 개의 글을 뽑아 보았습니다. 날 선 독설이 오가는 정쟁의 최전선에 서야만 하는 '대변인' 을 하면서도 증오와 적대감보다는 우리나라의 희망과 미래를 이야기하고자 노력했습니다. 복잡하게 얽힌 당―정―청의 입장을 두루 아우르며 고려해서 발표하는 논평 하나하나는 정국의 향방을 가르기도 했습니다. 집권정당의 대변인이라는 자리가 주는 중압감과 책임감은 이루 말할 수 없었습니다. 모든 것을 다 알지만, 언론 앞에서는 다 말할 수 없는 형편이 저를 곤혹스럽게 만든 적도 있었습니다. 그러나 국민과 역사 앞에 당당한 모습으로 기억되기 위해 최선의 노력을 다한 시절이었습니다.

〈어머니와의 약속〉은 아주 어릴 적부터 청와대 국정상황실장 시절까지의 기억을 되살려 짧은 에세이로 삶의 궤적을 적어 보았습니다. 최연소 제1야당 편집국장으로부터 시작하여 최장수 청와대 국정상황실장으로 재직하기까지에는 남과 다르게 생각하고 창의적으로 발상하려는 나름의 노력의 결과가 반영된 것이라고 생각합니다. 그래서 정치권에서는 '아이디어 뱅크' 라는 별명으로 불리기도 했습니다. 일 많기로 소문난 청와대에서도 가장 빨리 출근하고, 가장 늦게 퇴근하는 성실함과 제가 가는 조직마다 여러 기능과 조직을 통합하고 더욱 새롭게 강화시켜 고효율 조직을 일궈내어 '청와대 최우수 모범공직자상'을 받기도 했습니다. 그리고 무엇보다 제가 이 자리에 오기까지 가장 든든한 힘을 주신 어머니와의 약속을 다시금 되새기고자 졸저에 글을 담게 되었습니다.

〈동작, 내 사랑〉에서는 지역 언론에 비친 저를 조명해 보았습니다. 동작구는 저의 유년 시절부터 청소년 시절까지의 기억이 고스란히 숨 쉬는 곳입니다. 제가 이곳에서 정치를 할 수 있다는 사실만으로도 너무나 기쁘고 즐겁습니다. 그리고 몇 십년 동안 낙후되어 왔던 동작구를 볼 때마다 안타까웠는데, 이제는 제가 지역주민과 함께 그 긴 잠을 깨우고 새롭게 태어나게 하고 있다는 사실에 가슴 벅참을 느낍니다.

얼마 전 동작구에서 오래 사신 지인께서 '몇 십년 동안 잠에 빠져 있던 동작구가 전병헌 의원의 대단한 열정과 노력으로 깊은 잠에서 깨어나고 있네.' 라는 격려의 말씀을 해주셨습니다. 아직은 그 말씀이 부끄럽지만 가슴에 더욱 크게 새기며 동작구의 변화와 발전을 다짐하게 됩니다. 누구나 살고 싶어하는 '신강남—뉴동작' 으로의 변화는 이미 시작되었습니다. 그 변화된 미래의 동작구를 담아 보았습니다. 동작은 영원히 저의 사랑입니다.

17대 국회에서의 저의 궤적으로 담담하게 따라가면서, 비타민 정치를 위한 새로운 각오를 다지게 됩니다. 크게 이룬 것보다는 정말 부족했던 것, 아쉬웠던 일들이 기억을 스쳐 지나갑니다. 이 졸저로 부족함을 채우려 하기보다는 부족함을 깨닫고자 합니다. 항상 감사합니다.

2007년 9월
여의도 345호에서

국회의원 전병헌

CONTENTS

2. 변즉생, 생즉변

3. 절망을 희망으로

4. 어머니와의 약속

CONTENTS

5. 동작, 내사랑

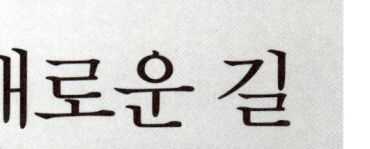

1

새로운 길

이제는 창조적 융합을 통해 신진국 코리아의 비전을 제시하고
국민 모두의 윤택한 미래를 약속하는 유능하고, 새로운 정치세력의 출현이 요구되는 시기입니다.
제3의 선택으로 새로운 대한민국 창조에 함께하고자 합니다.

새로운 길로
대통합의 시대정신을
완성하겠습니다

— 손학규 전 지사와의 약속을 지키기로 하였습니다

저는 평화민주개혁세력의 대통합을 위해 지난 2월 선도 탈당한 이래, 마지막까지 '제3지대'를 지키기 위한 백의종군의 길을 걸어왔습니다. 대통합을 통한 대선 승리가 시대적 요구이자 국민적 여망이라는 확신을 갖고 일관된 자세와 철학으로 대통합의 길을 걷고자 하였습니다. 마침내 〈대통합민주신당〉 창당에 미력이나마 힘을 보탤 수 있었습니다.

그러나 2007년의 대통합은 대통합신당의 창당만으로 완성되는 것이 아니라고 생각합니다. 대한민국 미래를 새로운 길로 열어나갈 새로운 정치세력을 창조하는 현대사적 의미까지도 이루어내야 합니다. 기존의 '민주 대 반민주', '호남 대 영남'의 구도를 뛰어넘어 대한민국의 운명과 미래를 책임질 새로운 노선과 새로운 정치의 구현이 바로 그것입니다. 저는 대통합의 시대적 대의를 이루기 위해 손학규 전 지사를 대선후보로 지지하기로 결정하였습니다.

손학규 전 지사는 여야·좌우를 초월하여 아우를 수 있는 대통합의 적임자로 새로운 정치세력의 탄생에 걸맞은 후보입니다. 또 누구보다 국민의 삶과 가까이서 온기를 나눈 정치인이기도 합니다.

저는 지난 2월 선도 탈당 후 제3지대에서 머물면서 손학규 전 지사에게 '한나라당의 서자'에 머물지 말고 탈당하여 함께할 것을 최초로 촉구한 바 있었습니다. 당시 많은 선배·동료의원들께서 현실성 없는 일이라 했지만, 손학규 전 지사의 동참이 중도개혁 진영 전체가 사는 길이라 확신하였기에 소신대로 재차 요구하였습니다.

결국, 손 전 지사는 화답이라도 하듯이 한나라당을 탈당하여 자신의 정치적 고향으로 돌아왔고, 대통합의 초원에 물줄기를 대었습니다. 그렇게 동시대의 정치인으로서의 교감은 이뤄졌습니다.

그래서 어렵고 힘든 결단을 내린 손학규 전 지사가 최소한 중도개혁 진영에 뿌리를 잘 내릴 수 있도록 미력이나마 보태야겠다는 '책임감'을 갖게 되었습니다. 손 전 지사가 중도개혁 진영에 얼마나 튼튼하게 착근을 하느냐가 이번 대선은 물론 향후 '새로운 정치질서 10년'에도 중대한 영향을 미칠 것이기 때문입니다. 그의 정책과 비전은 좌우의 균형을 습득하여 극단의 치우침 없이 이 나라와 국민을 대립과 갈등으로부터 통합과 상생의 새로운 길로 전진하게 할 것입니다.

탈당 이후 6개월여 동안 지역주민과 국민의 생생한 목소리를 듣기 위해 밤낮으로 다녀 보았습니다. 지금 국민은 대한민국이 처한 여러 가지 난관과 위기를 헤쳐나갈 새로운 국가경영과 새로운 정치를 갈망하고 있었습니다.

지난 10년은 수십 년 동안 군사독재정권이 추진한 불균형 압축성장의 폐해를 치유하는 시기였습니다. 이제는 창조적 융합을 통해 선진강국 코리아의 비전을 제시하고 국민 모두의 윤택한 미래를 약속하는 유능하고, 새로운 정치세력의 출현이 요구되는 시기입니다. 제3의 선택으로 새로운 대한민국 창조에 함께하고자 합니다.

저의 선택에 아낌없는 질책과 조언을 부탁드립니다.

2007. 8. 12

탈당 1기,
대통합의 밀알이
되었습니다

지난 2월 열린우리당을 나온 이후 6개월여 만에 대통합민주신당을 창당하게 되었다. 한 치 앞도 내다볼 수 없는 긴 어둠의 터널을 막 빠져나온 듯하다. 너나 할 것 없이 모두 힘든 시간이었던 만큼 오늘 대통합민주신당 창당의 감회는 더욱 새롭게 다가온다. 돌아보면 2월 탈당이 6월 탈당까지 4차례에 걸쳐 이어지면서 우여곡절도 많았다.

1기 탈당시 함께 탈당한 의원 중 상당수가 독자신당의 길을 택했을 때, 여기에 반대하는 것은 참으로 곤혹스럽고 어려운 일이었다. 그러나 대통합을 향한 서로의 진정성을 잘 알고 있었기에 언젠가 대통합의 큰길에서 만날 수 있을 것이라 믿어 왔었다. 그랬기에 절대 소수였지만 제3지대를 꿋꿋이 지켜냈는지도 모르겠다.

그런 점에서 탈당 '동기' 분들을 대통합민주신당에서 다시 만날 수 있게 되어 무엇보다 반갑고 기쁘다. 그러나 안타깝게도 몇 차례 당적이 바뀐 사실만으로 일부 언론의 비판을 받고 있다. 정치권 내에서도 극히 일부이지만 이기적인 시각과 편견이 남아 있다. 그 틈바구니에서 그분들이 정치적 부담을 고스란히 감내하면서 내린 대통합을 위한 결단과 진정성은 가려져 있다. 매우 안타깝고 통탄할 일이다.

그러나 대통합 과정에 있어 김한길 의원을 비롯한 탈당 1기는 그 누구도 부인할 수 없는 대통합의 '밀알'이자 선도적 역할을 다하였다. 대통합의 큰길을 가는 방법과 인식에 다소 차이가 있었을 뿐, 대통합의 큰 물줄기 중 한 갈래는 분명 김한길 의원을 비롯한 '탈당 1기'로부터 비롯되었다고 해도 과언이 아니다. 실패한 열린우리당을 극복하고, 지리멸렬한 평화민주개혁세력의 돌파구를 마련하기 위해 몸을 던진 헌신적 노력은 분명 평가받아야 할 대목이다.

특히, 당적 변경에 대한 부담에 불구하고 분열 고착적인 독자세력화를 주장하는 '통합민주당'과 함께하지 않고 대통합민주신당에 합류를 결정한 점은 그간의 대통합을 향한 일관된 입장을 과감한 실천으로 옮긴 것이라는 사실을 곁에서 지켜본 나는 그 누구보다 잘 알고 있다. 그런 점에서 김한길 의원을 비롯한 19명 의원의 대통합신당 합류로 '대통합'의 의미가 더해진 점은 우리 모두가 높게 평가하고 감사하게 생각해야 한다.

오늘 창당을 기점으로 과거의 그릇된 편견과 오해는 불식되어야 마땅하다. 이제 궁극적인 대통합을 향해 다시 큰 호흡을 가다듬고 발을 내디뎌 마침내 평화민주개혁세력의 대선 승리를 안아와야 할 것이다.

2007. 8. 5

참여정부평가포럼,
누가 보아도 시기상조이다
―시험이 끝나기도 전에 수험생이 채점하겠다고 나서는 격

지난 4월 발족해 현재 전국 조직화에 나선 참여정부평가포럼을 보면 가슴이 답답하다. 말을 아껴왔지만 시민사회단체나 전문가들이 모여 임기 말 참여정부의 정책 등을 공정하게 평가하는 포럼이라면 모를까 이건 정말 아니다.

물론 그 심정은 이해할 만하다. 권위주의 청산, 돈 안 드는 선거문화 정착, 정부혁신, 지방균형발전 등과 같은 참여정부의 성과는 누구도 부인할 수 없는 업적임에도 언론으로부터 일방적 매도를 당하고 있다고 생각하는 입장에서는 피해의식과 초조함이 생길 법도 하다.

그렇지만, 임기 중에 참여 당사자들이 자신들의 업적을 평가하겠다고 나서는 것은 오히려 업적을 손상시키고 국정신뢰도를 떨어뜨릴 뿐이다. 이거야말로 수험생이 시험보다 말고 자기가 채점하겠다고 나서

는 격이다. 설령 참여정부평가포럼이 자기들끼리 아무리 공정하고 객관적인 평가를 하더라도 곧게 받아들일 국민도 없을뿐더러 그나마 인정받을 수 있는 업적마저 가리는 우를 범하게 될 것은 불을 보듯 뻔한 일이다.

과유불급(過猶不及), 참여정부의 고질병처럼 된 사자성어다. 물 흐르듯 차분하게 추진하지 못하고 항상 시끄럽고 지나쳐서 본뜻과 취지는 사라지고 나쁜 평가만 뒤따랐다. '참정포' 역시 그 수많은 과유불급 사례의 불명예를 잇는 사례의 하나로 남을 뿐이다. 대통령과 본인들을 스스로 위안하는 행위일지 모르지만, 결과적으로 참여정부와 대통령이 땀 흘려 쌓은 업적마저 가리지 않을까 우려스럽다.

DJ 정부의 임기 말, 본인도 국민의 정부의 업적과 성과를 주요 일간지에 5단 통으로 광고하자는 제안과 주문을 받은 적이 있었다. 그러나 그 같은 일방통행식 홍보가 오히려 대통령과 국민의 정부에 누가 될 수 있다는 판단에 취소시키고 다른 대안으로 대체한 기억이 있다. 당시 약 10억 원이 넘는 광고 예산이 쓰이지 않았지만, 국민의 정부 4대 업적인 IMF 외환위기 극복, 생산적 복지 실시, IT 강국 기반 마련, 남북평화·협력의 정착이라는 소중한 업적은 흔들림없이 지금도 평가되고 있다.

정권 임기 말엔 이와 유사한 유혹이 많을 수 있다. 대통령 한 사람을 흐뭇하게 만들 수 있을지는 몰라도, 절대다수의 국민을 설득시키지는 못할 것이다. 오히려 대통령에게는 득이 아니라 독이 될 수도 있을 것이며, 업적을 기리는 것이 아니라 가리는 일이 될 것이다.

참정포 인사들의 발언을 보면 '노 대통령이 뭘 잘못했고, 우리가 뭘 실패했느냐?'는 울분과 우격다짐이 자리 잡고 있다. 참여정부가 이룬 업적도 많이 있고, 국민도 잘 알고 있다. 다만, 민심을 헤아리는 것에는 아직 실패하고 있는 것 같다.

2007. 6. 3

대통령의
한나라당 후보 비판,
예방주사에 불과하다

유월이다. 현충일은 어느새 반 세기가 훌쩍 넘은 장년의 나이가 되었고, 곧 있으면 6·10 민주항쟁은 스무 살 청년의 해맑은 얼굴로 손을 내밀 것이다. 우리 현대사는 호국영령과 민주영령의 하나 같은 애국심과 민주주의를 위한 희생과 열정으로 전진해 왔다. 호국영령과 민주영령께 부끄럽지 않은 오늘을 만들기 위해 우리는 무엇을 하고 있는지 되돌아보게 된다.

평화민주·미래번영세력은 10년의 집권을 통해 우리나라 현대사의 왜곡된 물줄기를 바꿔 왔으며, 아직도 대한민국의 미래를 위해 오로지 국민과 역사를 믿고 노력하고 있다. '대통합'이야말로 이러한 노력의 결정판이며, 최고의 성과가 될 것이다. 한나라당의 집권을 막는 것이 곧 개혁이며, 전진이고, 이를 가능하게 만드는 것이 '대통합'이기 때문이다. 그런 의미에서 대통합은 평화민주세력이 선택할 수밖에 없는 유일한 길이며 말 그대로 선택의 여지가 없는 '외통수'이다.

참여정부평가포럼에서 강사로 나선 대통령의 발언이 화제다. 대통령은 맘껏 열변을 토하고, 지지자들은 웃고 박수치며 4시간여를 보냈다. 온종일 언론에 시시각각 보도된 그들만의 강연 현장을 바라보는 국민의 심정을 생각하니 참으로 착잡하고 송구스러울 따름이다.

특히, 대통령의 한나라당 유력 후보들에 대한 비판에 속이 후련해지기는커녕 더 답답해지는 느낌을 지울 수 없었다. 왜일까? 분명 대통령은 한나라당의 집권이 역사를 후퇴시키며, '끔찍한 일'이라고 생각하는 분인데도 말이다. '이명박의 대운하에 제정신 있는 민간사업자라면 투자하겠느냐?', '독재자의 딸인 박근혜가 대통령이 되면 나라 위신이 뭐가 되겠느냐?'라는 발언이 이명박, 박근혜 두 후보에게 얼마만큼 상처를 주고, 얼마만큼 반대세력을 규합시킬 수 있다고 생각하는지 모르겠다.

일면 국민에게 두 후보의 약점을 환기시키는 의미가 있을 수는 있다. 그러나 그것을 '현직' 대통령이 참여정부평가포럼이라는 '부적절한 자리'에서 언급함으로써 효과를 반감시켰을 뿐이다. 한나라당 두 후보가 대통령을 하기엔 부적격하다는 비판의 본질은 간데없이 사라지고 정치공방의 분란과 선거법 위반 논란만 남아 국민에게 짜증만 안겨줄 뿐이다.

결국, 이명박, 박근혜 두 후보는 국민 앞에 가장 부끄러워해야 할 부분을 둔감하게 만드는 면역주사를 맞은 셈이다. 모르긴 몰라도 한나라당은 대통령의 발언을 본선 대비용 예방주사로 고맙게 생각하며 화장실에서 남몰래 웃고 있을지도 모른다. 어지간한 부정부패와 웬만한 성추행을 저질러도 끄떡없는 한나라당의 높은 지지율은 그만큼 집권여당과 대통령에 대한 민심이반이 심각하다는 방증임을 명심해야 한다.

한나라당 두 후보의 지지율은 반사이익에 불과하다. 바람 불고 비 내리면 휩쓸려 내려갈 모래성에 지나지 않는다. 그러나 대통령의 부적절한 발언은 모래성을 더욱 단단하게 만들 뿐이다. 이 순간 한나라당의 모래성을 한번에 휩쓸고 허물어버릴 사람은 대통합 진영의 단일 후보이다. 그래서 우리는 외통수인 대통합을 위해서 우리당을 나왔고, 제3지대에서 사즉생의 각오로 대통합의 모진 길을 차근차근 가고 있는 것이다.

2007. 6. 6

중도개혁 진영의
제3지대 공동통합실천기구가 필요하다

―가칭 '통합연대' 를 구성하자

중도개혁 진영의 통합이 구체적 진전을 이루지 못하고 교착국면을 맞고 있다. 통합 논의가 구체적 성과없이 지리멸렬해질수록 통합 주체 사이에 신뢰보다는 불신이 쌓이고, 그러다 보니 '다 함께' 보다는 '끼리끼리' 의 유혹에 빠지고 있는 듯하다. 분명한 것은 과거와 기득권에 얽매여 대통합을 이뤄내지 못한다면 국민의 신뢰를 다시 찾아올 수 없을뿐더러, 대선 필패로 이어진다는 점이다.

통합을 위한 환경은 낙관적이지 못하다. 열린우리당과 민주당의 통합 논의는 '배제론' 에 막혀 있고, 통합신당과 민주당만의 통합 역시 '소통합' 의 울타리에 지나지 않아 국민에게 어떤 감동도 주지 못할 것이다. 또한, 열린우리당의 존속은 사실상 기정사실처럼 되어버렸다.

그러나 통합은 시대적 요구이며, 국민적 여망이다. 또한, 합리적인 정치세력 모두는 통합에 동의하고 있다. 수많은 통합 논의도 있었지만 결국 실천과 행동이 없는 논의는 공허하고 오히려 서로 간에 불신과 상처만 남길 뿐이다. 이제 더는 주저할 시간이 없다. 여기저기 산발적으로 진행되면서 아무런 성과도 없이 기득권에 가로막힌 통합 논의를 마냥 기다릴 수 없다.

이제 진정한 통합론자들의 구체적인 지혜와 실천을 함께 모아야 할 때다. 기존의 정당질서와 정파 간의 이해관계 때문에 단 한 걸음도 나아갈 수 없다면 당적 여부와 상관없이 제3지대에서 공동으로 중도개혁 진영의 대통합을 이루기 위한 통합기구를 구성해야 한다.

중도개혁 진영의 제3지대 공동통합실천기구인 가칭 '통합연대' 구성에 조속히 나서자. '통합연대'는 통합의 의지와 실천을 매개로 제 정파 내의 통합 동력을 모아나가고 서로 연결하는 고리 역할을 할 것이다. 정치권은 물론 정치권 밖의 평화중도개혁세력을 대표할 인사와 단체 역시 동등한 자격으로 참여하여 지지부진한 정치권의 통합에 박차를 가하도록 할 것이다.

지금이야말로 행동 대 행동의 결단을 내릴 때이다. 서로 네 탓만하며 얼마 안 남은 시간을 허비할 수 없다. 열린우리당이든, 민주당이든, 통합신당이든, 무소속이든 당적과 관계없이 제3지대에서 통합의 대의를 모을 가칭 '통합연대'의 깃발 아래 모여 통합의 구체적인 실천과 행동을 조직할 것을 간곡한 심정으로 제안한다.

2007. 5. 20

대권주자들은
제3의 자유지대로
헤쳐모여야 한다

— 말뿐인 통합으로 소중한 후보들을 잃고 있다

정운찬 전 총장의 대선 출마 포기선언은 매우 아쉽고도 안타까운 일이다. 정 총장은 분명히 중도개혁 진영의 잠재적 기대주 중의 유력한 인물이었다. 정 총장의 불출마는 정치적 단련의 부족에서 기인한 개인적 측면도 있지만, 보다 본질적으로는 중도개혁 진영 내의 지지부진하고 정체된 통합 노력에 상당한 책임이 있음을 인정해야 한다.

이제까지 중도개혁 진영은 입으로는 통합을 외치면서 몸은 한 줌도 안 되는 기득권에 의지하는 한심한 행태를 보여 왔다. 그 결과는 경쟁력 있는 후보들을 한 사람씩 잃어간 것이다. 이제 더 이상 망설일 시간이 없다. '세력간 통합'이든 '후보중심의 통합'이든 실천 없는 무의미한 논의만 할 것이 아니라 두 가지 방식을 동시 다발적이며 병행적으로 진행시켜 나가야 할 때이다.

우선 잠재적 후보들의 움직임이 우선되어야 한다. 중도개혁 진영이 구심점을 잃은 어려운 난국을 헤쳐나가기 위해서는 중도개혁 진영의 대표주자로 대권을 꿈꾸는 후보들의 결단이 절실하다. 대권후보들은 통합을 가로막는 기존의 낡은 정당의 틀을 박차고 나와 제3의 자유지대에서 공정한 경쟁을 시작해야 한다.

특히, 열린우리당 내에서 대권을 꿈꾸는 것이 얼마나 허망한 일인지는 지난 4·25재보선에서 재차, 삼차 확인되지 않았는가? 열린우리당의 기득권보다 '열린우리당 디스카운트'가 훨씬 크다. 경쟁력 있는 후보가 디스카운트 때문에 제대로 평가받지 못한다면 결과적으로 국민과 국익의 손해이다.

45%의 높은 정당 지지율을 과감히 버리고 제일 먼저 자유지대로 나온 손학규 전 지사가 자유지대의 명실상부한 선점 주자가 되어가고 있는 현실에서 귀감을 살펴야 한다. 자유지대는 기득권 제로지대이다. 기득권을 버리고 온 자만이 무대에 설 자격을 얻는다. 여기에선 모든 것이 원점에서 시작한다. 그래서 공정하고 객관적인 경쟁과 협력이 이뤄진다. 한나라당 이명박—박근혜 간의 지긋지긋한 이전투구와는 비교도 할 수도 없다.

자유지대에서 구심점을 만들어 새로운 정치질서를 창조하는 길에 부디 함께하기를 촉구한다. 더욱이 이 나라의 대권을 꿈꾸는 분들이라면 스스로 '결단적 실천'을 내리기 바란다. 그 결단과 용기는 시대적 요구이자 국민적 여망임을 잊으면 안 된다.

2007. 5. 1

기득권 제로지대,
자유지대에서 대선 승리를
―새로운 정치적 질서를 창조하는 길에 부디 함께하기를

중도개혁 진영의 통합 논의가 정체되어 걱정하는 목소리가 커지고 있다. 통합을 주장하는 제 세력들이 말로는 만리장성을 쌓았지만 들여다보면 자기 집 울타리도 못 올리고 있기 때문이다. 열린우리당은 거대한 몸을 제대로 가누지 못한 채 방향을 잃고 대통합의 걸림돌이 되고 있다. 민주당은 지역정당의 한계를 과감히 벗어던지지 못하고 지역주의에 안주하려 하고 있다. 모두 말로는 통합을 외치지만 결정적인 자기희생 없는 립서비스로 일관하고 있기 때문이다.

지금 정치권의 지형을 보자. 좌우의 양극단은 한나라당과 민노당이 단단한 경계선을 갖고 있다. 그 중심에 서야 할 열린우리당은 한 줌도 안 되는 기득권에 연연해 자리를 차지하고 있다. 국민의 심판을 받은 열린우리당은 더 이상 중도개혁의 대표 주자가 아니며 앞으로도 대표할 수 없다. 그럼에도 108명의 국회의원은 결코 작은 숫자가 아니다.

108명의 소속 의원을 거느린 열린우리당은 '콩코드효과'에 빠져 통합을 향한 진지한 노력을 외면하고 오히려 가로막고 있을 뿐이다.

거듭 밝히지만 중도개혁 진영에 대한 시대적 요구와 국민적 여망은 기존의 정치질서를 넘어서는 전혀 새로운 정치 프레임의 창조이다. 손전 지사의 탈당과 중도개혁세력으로의 자기 선언은 시대적 요구에 충실한 행위이며 새로운 정치질서 창출의 가능성을 높였다. 상아탑에 머물고 있는 정운찬 전 총장에 대한 국민적 기대가 높은 것도 새로운 정치를 갈망하는 시대적 요구가 반영된 결과이다. 또한, 역설적으로 열린우리당 내의 큰 재목감들이 계속 저평가되고 있는 무기력한 현실도 시대적 여망을 반영하고 있는 것이다.

한명숙 전 총리는 박근혜 전 대표와는 비교하기도 힘든 이 땅의 민주화와 인권신장을 위해 헌신적인 삶을 살아왔다. 그러나 현재의 대선주자 지지도는 비교할 수 없을 정도로 저평가되어 있다.

김혁규 전 지사 역시 인물 면에서 결코 이명박 전 시장에 뒤지지 않는다. 오히려 정직하고 능력 있는 CEO형 정치인의 모범이다. 그러나 대선후보군에서는 그 존재조차 찾기 힘들 정도이다.

두 분에 대한 저평가는 '열린우리당 디스카운트' 때문이다. 국민적 심판이 내려진 열린우리당 틀 속에 있다는 이유 하나만으로 국민의 품에서 성장해야 할 두 재목이 제대로 쓰이지 못하고 있는 것이다. 결과적으로 국민과 국익의 손해이다.

손학규 전 지사가 한나라당 45%의 지지율이라는 기득권을 과감히 버리고 나왔듯이 열린우리당 내의 대선주자들은 열린우리당의 10%대 지지율 기득권을 과감히 버리고 자유지대로 나와서 새롭게 시작해야 한다.

　자유지대는 기득권 제로지대이다. 기득권을 버리고 온 자만이 무대에 설 자격을 얻는다. 여기에선 모든 것이 원점에서 시작한다. 그래서 누가 봐도 공정하고 객관적이며 신명나는 경쟁과 협력이 이뤄진다. 한나라당 이명박―박근혜 간의 지긋지긋한 이전투구와는 비교도 할 수도 없다.

　자유지대에서 중도개혁 진영의 진정한 핵심을 형성하고 민의의 광장을 만들어 새로운 정치적 질서를 창조하는 길에 부디 함께하기를 열린우리당 내 잠재적 대선주자들의 결단과 용기를 촉구한다.

　2007. 4. 6

손학규의 선택,
통합 드림팀의 출발점으로

—대한민국 미래세력 대결집의 신호탄

손학규 전 지사가 '길'을 택했다. 서자의 자리를 박차고 역사의 적자가 되기 위해 수구냉전세력의 본영인 한나라당을 떠나기로 했다. 그의 담대한 결단력에 박수를 보낸다. 이인제 학습효과 운운하지만 손 전 지사의 결단은 본질적으로 다르다. 이인제는 경선 패배 결과에 불복한 것일 뿐 정책적 차별은 물론 역사적 구별성도 없었다.

손 전 지사는 경선도 하기 전에 자신이 주장하는 개혁적인 정책과 노선이 수구적인 한나라당으로부터 집단 거부를 당했다. 수십 년간 변하지 않은 수구보수의 바위에 진보개혁의 꽃을 피우겠다는 그의 열정은 좌절된 것이다. 구태와 부패, 냉전으로 메말라버린 한나라당이라는 밭에 미래를 위한 모를 심으려는 노력이 헛되고 불가능하다는 것을 깨닫고 모판을 들고 논을 찾아 나온 것이다.

손학규 전 지사의 결단으로 복잡하게 얽혀졌던 정치지형은 보다 단순명료해졌다. 한나라당은 개혁의 보완재 역할을 하던 손 전 지사가 당을 나감으로써 냉전·특권·부패·보수의 정체성을 더 이상 숨길 수 없게 되었다. 또한, 열린우리당도 범개혁 진영의 대표성을 상실하여 더 이상 기득권에 안주할 수 없는 상황이다.

이제 기존의 정당구도로는 시대적 요구와 국민적 여망을 담아낼 수 없음이 더욱 분명해졌다. 손 전 지사의 결단은 단순한 당적 정리의 의미가 아니다. 기존의 정당질서를 해체하고 새로운 정치질서를 모색해야 한다는 대의가 모아진 현실 정치에서 버전을 달리하는 새로운 정치질서 창조의 중요한 동력이 될 것이 확실하다. 대한민국 미래세력의 대결집을 알리는 신호탄으로 만들어내야 한다.

기득권세력은 변화와 창조를 두려워한다. 새로운 질서 창조는 기득권의 해체와 파괴를 전제하기 때문이다. 손 전 지사의 결단은 새로운 질서 창출을 향해 한 걸음 내디딘 것이며, 새로운 창조를 위한 파괴력 있는 결단으로 기록될 것이다.

이제 '범여권' 이라는 용어는 폐기되어야 한다. 손 전 지사는 야당으로부터 나와 개혁 본영에 합류할 수는 있으나, 소위 '여권' 에는 합류하지는 않을 것이다. 또한, 대통령이 탈당한 상황에서 열린우리당 일부를 제외하고는 정치권에 범여권은 사실상 존재하지 않기 때문이다. 중도개혁 정책과 노선에 동의하는 제 세력과 인물이 자유지대에서 경쟁과 협력을 통해 중도개혁통합신당을 새롭게 만들 것이기 때문에 '중도개혁 진영' 이라고 부르는 것이 합당할 것이다.

중도개혁 진영은 통합 드림팀 준비를 착실하게 시작해야 한다. 손학규 전 지사의 결단으로 정운찬 전 서울대 총장은 자신의 가치를 드높일 수 있는 경쟁과 협력의 훌륭한 파트너가 생긴 셈이다. 이러한 정치적 환경 변화에 적극 대응함으로써 자신의 능력과 가치를 확장하고 국민적 인지도와 지지도를 끌어올리는 노력에 적극적으로 나서야 할 때이다.

정동영 전 의장은 정치개혁의 자산을 보다 풍부하게 발전시킬 수 있는 방안을 찾아야 한다. 열린우리당의 틀 속에 갇혀 가치와 역량이 평가절하되고 있는 현실에서 벗어나야 한다. 몽골 기병의 기개로 다시금 한반도 평화와 민생경제 회생을 위해 광야를 질주할 채비를 해야 한다.

정·정·손의 선의의 경쟁과 협력관계는 대한민국을 이끌어 갈 동력을 만들어낼 수 있을 것이다. 여기에 자유지대에는 이미 천정배·진대제 전 장관, 문국현 CEO 등도 대기하고 있다. 기존의 정당질서로부터 자유로운 자유지대에서 어떤 기득권도 주도권도 없는 제로 베이스의 출발은 한나라당 TK목장의 결투보다 더욱 흥미진진할 것이며, 시대적 요구와 국민의 여망을 제대로 담아낼 수 있을 것이다.

'정·정·손 + α의 통합 드림팀'은 대한민국의 경쟁력을 끌어올려 한반도 평화와 번영, 선진경제, 선진정치를 이끌어낼 수 있는 희망의 버팀목이 될 것을 확신한다. 역사는 단순 반복되지 않고 항상 새로운 모습으로 새로운 길을 뚜벅뚜벅 갈 뿐이다.

2007. 3. 20

손학규는
서자(庶子)에
만족할 것인가?

—진정 시대의 주인이 되고자 한다면 이제 고행의 길을 떠나야 한다

수처작주(隨處作主), 손학규 전 지사의 좌우명이다. 그런데 어느 곳에서나 주인이 되고자 할 수는 있지만, 굳이 시대에 역행하는 수구냉전 정당의 주인이 될 이유가 있는가? 진정 시대의 주인이 되고자 한다면 이제 고행의 길을 떠나야 한다.

손학규 전 지사가 현재의 한나라당 경선 룰은 특정 후보를 당선시키기 위한 것에 불과하며, 거기에 '들러리'를 설 생각이 없다고 밝혔다. 그러나 그는 이미 한나라당의 서자이며 들러리일 뿐이다. 손 전 지사 개인에 대한 평가와는 관계없이, 한나라당 본류인 수구냉전세력들의 속내가 그렇다는 것이다.

한나라당의 본심은 '지금 이대로'이다. 50%에 육박하는 정당 지지도, 50%를 넘나드는 대권주자가 있기 때문에 빅2를 제외한 군소 후보

들의 목소리는 성가시기만 할 것이다. 다만, 이명박과 박근혜의 낯 뜨거운 검증공방이 확전되어 자칫 집권 가도에 차질이 생길까 전전긍긍할 뿐이다.

손학규 전 지사로서는 당내 지지율 3위이지만, 범개혁세력 대권후보 지지율은 무려 6배를 넘는 수치로 1위를 달리고 있다. 이제 자신의 진가를 알아주는 사람들이 누구인지 깨달아야 한다. 그리고 국민의 소리와 시대적 요구에 귀를 기울여야 한다. 평화·개혁·미래세력에 대한 국민의 잠재된 열망과 지지를 폭풍처럼 끌어올릴 역사적 결단을 내려야 한다.

부자와 특권층의 귀족 정당―한나라당에서 똑바른 소리를 하는 서민 출신 서자에게 관심을 기울일 사람은 없다. 벽을 두드린다고 문이 되지 않는다. 마술의 세계에서나 가능하지 현실 정치에서는 불가능하다. 손 전 지사가 마술의 환상에 빠져 벽을 두드리는 소리 때문에 자신을 부르는 시대의 소리가 가려져 버릴까 걱정된다.

거듭 말하지만, 손 전 지사는 이제 서자의 자리를 박차고 나와야 한다. 자신의 본영인 평화·민주·개혁·미래번영의 드넓은 대지로 나와야 한다. 한나라당 내에서는 자신의 지향성과 가치를 가지고는 결코 의미 있는 승부를 할 수 없다.

한국 사회의 미래와 올바른 전진을 위해서는 강하고 유능한 중도개혁세력의 재결집이 필요한 시점이다. 진보세력의 좌절과 위기로 흩어졌던 제 세력들이 다시금 모여야 한다. 이만한 일을 통찰하고 책임 있게 나서는 사람들이 바로 지도자다.

그의 좌우명의 원문(임제록 · 臨濟錄)은 '수처작주 입처개진'(隨處作主 立處皆眞 : 어느 곳에서나 주인이 되면, 서는 곳마다 참되다)이다. 국민과 시대의 요구와 함께하는 참된 곳을 진정으로 찾고자 한다면 적어도 그곳이 수구본영은 아니란 것도 알고 있으리라 본다.

2007. 2. 26

통합 드림팀으로
코리안 드림을 실현하자

─ 손학규 전 지사의 드림팀 주장에 부쳐

2006년 3월, 한국 야구의 '코리안 드림팀'은 WBC(월드베이스볼클래식)에서 야구 종주국인 일본과 미국을 연파했다. 그리고 국민은 열광했다.

지금 최대 위기를 맞고 있는 민주·개혁·진보 진영에게도 '코리안 드림팀'이 필요하다. 드림팀은 검증된 실력자들의 최고의 조합이라는 의미와 더불어 국민에게 꿈과 희망을 준다.

얼마 전 손학규 전 지사는 진대제·정운찬과 함께 뭉치는 '드림팀' 구성을 주장했다. 맞는 말이고 절실하다. 그러나 손학규 전 지사가 수구냉전의 본영인 한나라당에 몸을 담고 있는 한 그의 주장은 불가능하고 공허하다. 드림팀 주장을 하기 전에 손 전 지사가 먼저 해야 할 일은 한나라당의 서자 자리를 박차고 나오는 일이다. 그는 근본적으로 진보적 자유주의자이며, 노동운동과 빈민운동에 투신해 민주화운동을 직접 체화한 경력의 소유자이다. 그의 저서인『진보적 자유주의의 길』,『한국정치와 개혁』을 살펴보면 스스로 진보주의자임을 부정하지 않는다.

한나라당과는 근본적으로 피가 다르다. 그러기에 손 전 지사는 한나라당에 있는 한 서자의 위치에서 벗어날 수 없다. 한나라당 후보로서의 미미한 지지도와 범개혁세력 후보로서의 적합도가 6배 이상이나 현격한 차이가 나는 이유도 이 때문이다. 드림팀을 꿈꾼다면 손 전 지사는 수구냉전세력의 '보완재' 역할을 그만두고, 위기에 처한 자신의 본영인 민주개혁세력의 '대체재' 역할을 자임하는 용기와 결단을 보여줘야 한다.

손 전 지사가 햇볕정책과 대북포용정책을 공개적으로 지지했을 때, 한나라당 내 세력들은 '당을 떠나라' 며 비난하고 공격했다. 그러나 6자 회담의 타결로 우리 사회의 중도개혁세력이 전개해 온 남북평화 정책이 옳았음이 증명되고 있다.

또한, 손 전 지사가 역점을 두고 연구하고 있는 '광개토전략' 역시 1997년 김대중 후보 진영에서 '광개토 프로젝트'로 이미 검토되고, '광개토시대를 열자' 는 모토로 주창된 바 있다. 우연의 일치로 보기에는 손 전 지사와 민주·평화·개혁 진영과 근본적으로 같은 곳을 향하고 있음을 반증하는 것은 아닌지 생각하게 한다.

지금 우리는 미래지향적 진보세력이 총집결하여 수구냉전보수세력의 집권을 막아야 한다. 수구냉전세력들의 아날로그식 개발만능주의와 천민자본만능주의의 부활로 역사를 거꾸로 되돌릴 수는 없기 때문이다.

수구냉전시대로의 회귀에 반대하는 모든 세력이 힘을 모아야 한다. 무한경쟁의 세계화 시대를 헤쳐나갈 선진한국의 강한 경쟁력을 길러내고, '강한 대한민국'을 이끌어 갈 '통합 드림팀'을 만들자. '통합 드림팀'은 이념 틀에만 정체되어 있는 낡은 진보가 아니라, 민주와 민생, 평화와 경제, 성장과 복지, 산업화와 지식정보화를 이뤄낸 실천적 경험, 검증된 정책과 이론을 갖춘 통합적 해결능력을 가진 유능한 중도개혁세력의 구심점이 되어야 한다.

정치꾼은 다음 선거를 생각하고 정치가는 다음 세대를 생각한다고 한다는 말이 틀리지 않았음을 보여주기 바란다. 민주적 품성과 CEO적 식견의 손학규, 능력과 윤리를 함께 갖춘 미래형 경제전문가 정운찬, 첨단지식정보화의 선도자 진대제, 그리고 민주화와 정치개혁에 헌신해 온 개혁 지도자들이 함께하는 '통합 드림팀'을 만든다면 대한민국의 미래세대를 안심하고 맡길만하지 않겠는가.

대선에서 국민은 늘 미래를 선택했다. 미래세력을 대표하고 선도하는 중도개혁 '통합 드림팀'을 구성하여 희망의 역사를 부활시켜야 한다. 그것이 국민의 요구이며 역사에 대한 책무를 다하는 것이다.

2007. 2. 20

내년 3, 4월까지
'낙동강 전선'의
교두보를 마련하자

—이젠 '4년 전 승리의 도취감'은 버리고, 국민의 큰길을 걷자

12월 19일. 지역의 당원들과 함께 반성과 새로운 출발을 다짐하는 겨울산행을 다녀왔다. 대선 승리 4주년의 의미를 되새기기에는 지금 우리 모습은 너무나 부끄럽고 참담하다. 함께 산에 오른 지역의 당원들이 오히려 손을 꼭 잡으며 힘과 응원을 보내주었다. 미안한 마음이 산을 내려올 때까지 가실 줄 몰랐다.

같은 날, 서울 여의도에서는 대선승리 4주년을 기념하는 행사가 열렸다. 여느 때와 달리 조촐하게 치러진 모양이다. 돌이켜 보면, 2002년 우리가 승리할 수 있었던 것은 우리의 지향점이 국민의 기대를 모았고, 우리가 제시한 개혁의 방향이 국민이 가고자 하는 큰길을 따랐기 때문이었다.

그러나 우리는 승리의 경험을 국민과 함께 나누는 데 실패했다. 유례없는 국민참여로 승리를 이뤄놓고도, 집권 이후 국민의 참여를 이끌어내는 데 실패했다. 참여의 빈자리에는 승리의 도취감과 오만이 자리잡지는 않았는지 반성해야 한다. 여전히 '승리의 도취감'에서 벗어나지 못한 채, 낙관론에만 기대기에는 지금의 상황은 너무나 다르고 엄중하다.

4년이 지난 지금의 현실을 돌아보자. 우리에 대한 지지는 사라졌고 질책만이 남았으며, 기대 대신 실망만이 남아 있다. 현재의 국면을 냉엄하게 돌아봐야 한다. 대선승리 4주년을 맞은 12월 19일은 국민의 실망으로 지지철회가 늘어나는 현실을 겸허하게 돌아보고 반성하는 자리였어야 한다.

해방 이후 50년을 집권해 온 한나라당은 여전히 사회 곳곳의 특권층을 형성하고 있다. 우리가 국민에게 실망을 주면 줄수록 그 반사이익은 그대로 한나라당으로 향하고 있다. 결국, 내년 대선의 최대 이슈는 우리 사회의 특권·보수층의 정치세력인 한나라당에 다시 정권을 주느냐 마느냐의 문제이다.

그러기 때문에 우리는 변해야 한다. 변하기 위해서는 스스로 처절한 몸부림을 쳐야 한다. 현재의 상황과 판세로는 도무지 아무런 희망도 찾을 수 없음을 깨끗하게 인정하고 새롭게 출발해야 한다.

내년 3~4월까지는 전열을 정비해서 '낙동강 전선'과 같은 교두보를 확보해야 한다. 그래야 최소한의 반격의 기회를 만들 수 있고, 인천상륙작전과 같은 과감한 전략 수립도 가능하다. 이제부터는 시간과의 싸움이다. '실용―개혁' 논쟁만큼이나 부질없는 소모적인 논란은 종식되어야 한다. 우리끼리 네 탓 공방으로 시간을 허비해서는 안된다. 어려운 환경을 이용하려는 소영웅주의 또한 경계의 대상이다.

실기하여 내년 3~4월까지도 평화민주개혁세력의 교두보를 마련하지 못한다면, 한나라당의 파죽지세에 밀릴 가능성이 높다. 내년 6월의 한나라당 경선 일정으로 5, 6, 7월은 한나라당이 주도하고 흥행하는 국면이 될 것이다. 그때까지 우리가 국민에게 아무런 대안과 전망을 제시하지 못한다면 12월까지 한나라당에 끌려다니면서 승산 없는 최악의 대선을 치르게 될 것이다.

바로 지금 교두보를 마련하는데 적극적으로 나서지 않는다면, 해방 이후 평화, 민주, 개혁을 위해 헌신해 온 선배들에게는 물론이고, 독재와 반민주, 대결과 갈등으로 점철된 불운한 현대사의 물줄기를 어렵게 바꾼 '국민의 정부' 와 '참여정부' 의 10년이 부정당하고, 결국 대한민국 미래세대에 씻을 수 없는 역사적 과오를 범하게 되는 것이다.

현재의 촉박한 일정으로는 2월 전당대회에서 통합수임기구 구성과 전권 위임이 가장 빠르고 합리적인 길이다. 통합수임기구 구성과 동시에 국민 대통합의 물줄기를 일궈내어 늦어도 4월까지는 새로운 대안세력의 틀을 국민에게 제시해야 한다. 패배주의에 젖은 현재의 당내 분위기를 일신하는 과감한 결단을 내려야 한다. 정파적 이해관계나 소영웅주의에 휩싸이지 말고 모두가 함께 가야 할 길을 가야 한다.

개인적 소영웅주의나 4년 전 승리에 도취하여 근거 없는 낙관과 독선의 논리를 고집할 것이 아니다. 국민이 가리키는 큰길을 향해 뚜벅뚜벅 걸어갈 수 있도록 우리 스스로 변화하고 국민의 뜻을 담아 낼 큰틀을 만드는데 적극 나서야 할 때임을 호소한다.

2006. 12. 20

2

변즉생, 생즉변

―변해야 살고, 살기 위해 변해야

한 단계 변화의 도약의 계기를 마련할 것인지 시류 기대가 된다.
바야흐로 변화하여야 살고, 살기 위해서 변해야 하는
'변즉생(變卽生), 생즉변(生卽變)'의 시대가 열린 것이다.

김대중 전 대통령을
숨겨진 과거의 피해자로
더 이상 방치 말라

—DJ 동경납치사건 조사 지연, 놀랄 만큼 참으로 어이없는 일이다

한 · 일 월드컵 공동개최로 양국 간 우정이 한껏 고조되었던 2002년. 일본의 영화감독 사카모토 준지가 1973년 김대중 납치사건을 영화화한 〈KT〉가 국내에 상영되었다. 〈KT〉는 당시 박정희의 정적 김대중을 암살하라는 작전명이었다. 이 영화는 그해 열린 제52회 베를린 국제영화제의 경쟁부문 본선 진출작으로 선정되기까지 했다.

이처럼 우리 현대사가 영화의 흥미로운 소재로 등장하는 경우가 많다. 박정희 전 대통령 피살사건을 다룬 〈그때 그사람〉과 보도연맹 사건을 다룬 〈태극기 휘날리며〉가 대표적이다. 이런 영화들이 매력적인 이유는 무엇보다 팩트에 기반해 재구성한 '논픽션'에 가깝기 때문이다. 그래서인지 현대사의 가려진 진실에 목말라하는 우리 관객들로서는 관심을 보일 수밖에 없다.

그러나 영화는 어디까지 영화일 뿐이다. 역사적 사건에 대한 진실규명이 영화의 소재로 그친다면 비극이다. 우리 사회는 참여정부 초기에 가해자와 피해자의 미래 공존을 위해서라도 진실규명과 화해가 선행되어야 한다는 사회적 합의를 이루어 낸 바 있다.

지난 9일 김대중 전 대통령은 김대중 동경 납치사건에 대한 분명한 진상규명과 결과 발표를 촉구했다. 2005년 2월 국정원 과거사위가 발표한 '7대 우선조사 대상' 가운데 유독 이 사건만이 아직까지 발표되지 않고 있기 때문이다. 그동안 과거사 진실규명을 강조해 온 정부의 태도로 볼 때 놀랄 만큼 참으로 어처구니없는 일이다. 'DJ 동경납치사건'은 한·일 양국의 정보기관이 직간접적으로 관련되어 있는 만큼, 관련자의 직접 진술을 확보하기란 어려울 수 있다. 그러나 현재의 한국과 일본정부가 관련 문서와 기록 공개에 적극 협력한다면 사건의 실체를 규명하는 데에는 크게 어려울 것이 없다는 것이 전문가들의 견해이다.

결국, 문제는 현재 정부당국의 의지와 태도의 문제이다. 과거사 조사위에 제한적인 정보와 기록만 제공한다면 애초의 사회적 합의를 무너뜨리고 또 다른 사회적 갈등만 야기시킬 뿐이라는 점을 상기해야 한다. 행여 발생할 한·일 간 외교문제가 걱정이라면 역사를 대하는 성숙한 자세를 지닌 우리 국민의 수준으로 볼 때 크게 걱정할 일도 아니다. 특히, 일본정부는 이번 사건에 대한 진실규명에 적극 협력해야 한다. 가뜩이나 과거사만 나오면 옹색해지는 일본의 처지를 모르는바 아니다. 최근에도 아베 정권은 위안부 망언으로 위선(僞善) 국가라는 세계인의 비판에 직면해 있다. 오명을 벗을 수 있는 유일한 방법은 진실규명에 협력하는 것이며, 밝혀진 사실에 대해 진심으로 사과하는 것이다.

또한, 일각에서는 박정희 전 대통령의 지시·개입 사실이 진실규명의 핵심인 만큼 유력 대선주자인 박근혜 전 한나라당 대표를 의식할 수밖에 없다는 전망도 나오는 실정이다. 박 전 대표는 이미 김대중 전 대통령을 찾아가 '아버지의 과거'에 대해 사과한 바 있다. 그러한 용기와 결단으로 사회 일각의 우려를 불식시켜야 한다. 박 전 대표는 이 사건에 대한 분명한 진실규명만이 진정한 화해와 미래 공존의 전제이며, 어떠한 정치적 판단도 배제되어야 함을 천명해야 한다. 군사독재가 정적에게 얼마나 잔혹할 수 있는지를 보여주는 김대중 동경납치사건은 개인의 문제가 아니라 우리가 밝혀내야 할 우리의 현대사이다. 국민의 주권과 자존심의 문제임을 환기할 필요가 있다.

국정원 과거사위의 진실규명 노력을 평가절하할 생각은 없다. 다만, 그간의 성과가 제대로 마침표를 찍기 위해서는 'DJ 납치사건'에 대해 보다 집중적인 조사를 해 나가야 할 것이다. 김대중 전 대통령과 양심세력들의 촉구를 '정치적 요구' 수준으로 오판하면 안된다. 헌정사 최초로 수평적 정권교체를 이루어 낸 최고 통치권자를 숨겨진 과거사의 피해자로 남겨놓을 수는 없는 일이다.

〈KT〉가 영화의 소재로써 흥미와 감동을 줬다면, 진실규명은 화해와 전진, 미래와 상생을 줄 것이다. 감춰진 과거는 끈질기게 현재와 미래를 괴롭힐 것이며, 밝혀진 과거는 과거일 뿐이기 때문이다.

2007. 3. 11

변즉생(變卽生),
생즉변(生卽變)

─한량정치와 강성노조, 그 변화의 경쟁은 시작되었다

이용득 한국노총 위원장의 미국 발언이 화제다. '세상은 변하는데 노동운동만 눈·귀 닫고 있다. 내가 총대 메겠다.'는 것이다. 이덕분인지 이용득 위원장이 포함된 노사정 드림팀은 5,500만불의 외자유치를 성사시켰다.

정부가 주관한 IR에 노총의 대표가 참가한 것에도 큰 의의를 둘 수 있다. 그런데 더 나아가 노동계의 대표가 실제 외국기업들이 두려워하는 한국의 '전투적 노동운동'에 대한 편견을 불식시키고, 양질의 일자리를 위해 앞장서겠다는 제안에 모두가 공감할 수밖에 없었을 것이다.

군부독재체제에 맞서며 성장해 온 노동운동은 우리 사회가 당면한 시대적 요구와 명분에 충실하여 평화민주세력이 민주화를 이루는데 중대한 역할을 하였다. 이용득 노총위원장의 발언으로 노동운동이 시대의 조류에 걸맞게 한 단계 변화와 도약의 계기를 마련할 것인지 사뭇 기대가 된다. 바야흐로 변화하여야 살고, 살기 위해서 변해야 하는 '변즉생(變卽生), 생즉변(生卽變)' 의 시대가 열린 것이다.

이제 정치도 변해야 산다. 여·야 관계도 새로운 변화의 물줄기에 몸을 실어야 한다. 돌아보면 우리 정치는 국민의 삶과 동떨어진 의제를 두고 난타를 벌이기 일쑤였다. 6월 국회도 그렇게 지나갔다. 민생법안 처리하라는 여론의 압력에 겨우 몇 개 법안만이 통과되었을 뿐이다.

정치도 수요자 중심의 문화로 바뀌어야 한다. 정치 역시 변화의 몸부림이 있었다. 어느 시절보다 깨끗한 선거풍토가 만들어졌고, 사법부의 엄중하고 신속한 선거사범 처벌이 이뤄지고 있다. 그러나 선거는 정치인을 탄생시키는 과정일 뿐이며, 정치 개혁의 첫 걸음에 불과하다. 거기에 만족해서는 안된다. 지금 여·야의 정치는 여전히 행위자(정치인) 중심의 문화에 머물고 있다.

정치가 변해야 한다는 것은 과거의 '낡은 생각' 과의 이별이다. 여·야는 서로 싸우고 대결해야 지지를 얻을 수 있다고 생각하는 '전투성' 과의 결별이다. 국민을 분열시키고 대립시켜야 자신의 정치적 기득권을 지킬 수 있다는 '분열성' 과의 고별이다. 한마디로 민생은 아랑곳하지 않고 멋대로 하는 '한량정치' 와의 작별이다.

한국의 노동운동이 버리기 쉽지 않은 '교조적 의미의 계급성' 을 벗어던지고, 국가경제와 서민경제를 살리기 위해 외자유치에 나서고 양질의 일자리를 만들기 위해 직접 나설 정도로 엄중한 변화의 시기가 도래하고 있음에 정치도 정신 차려야 한다.

정치가 살아남기 위해서는 여·야 의원 모두가 비장한 생존의 각오로 나서야 한다. 지방선거에서 참패하여 시무룩한 여당이든, 대승하여 오만해진 한나라당이든 국민과 시대의 진정한 변화 요구에 그 누구도 답하지 못하고 있기 때문이다.

민주화운동의 중추적 역할을 다했던 노조가 방심하는 사이 귀족노조로 비난받고, 국민에게 외면당했던 아픈 경험을 스스로 변화하며 극복하는 모습에서 우리 정치인들도 진지한 성찰과 변화의 다짐을 해야 할 때이다. 한국 사회 발전의 걸림돌처럼 이야기되는 이른바 '한량정치'와 '강성노조' 간에 변화의 경쟁이 시작된 것이라면 지나친 비약일까?

2006. 7. 2

북핵 의제관리,
전략 부재 아쉽다
―균형과 책임 있는 역할을 도모해야 할 시점

🌱 북한의 핵실험 발표는 큰 충격을 주었다. 심각한 사태임이 분명하다. 그러나 보다 중요한 것은 북핵 사태로 한반도를 둘러싼 각국의 이해관계가 새롭게 정립되는 단계에 직면하고 있다는 점이다. 당연히 여·야를 막론하고 국가적 역량을 총 결집하여 당사국으로서의 균형과 책임 있는 역할을 도모해야 할 시점이다.

그러나 작금의 우리 사회의 의제가 엉뚱한 방향으로 이어지고 있는 것은 안타까운 일이다. 햇볕정책과 개성공단, 금강산 관광을 도마에 올려 난도질을 당하게 하고 있다. 포용정책을 실패로 규정하고 싶은 한나라당의 정략적 의도는 그렇다치더라도 범여권의 위기관리에 대한 전략 부재도 한몫하고 있는 것을 지켜보는 것도 답답한 일이다.

대통령의 첫 화두가 포용정책의 재검토였고 총리는 이튿날 국회에서 포용정책에 대해 사죄까지 하였다. 반면, 여당 지도부는 포용정책의 관성적 주장을 되풀이했다. 북핵 사태를 맞아 새로운 질서에 대한 대응과 고민보다는 스스로 '포용정책 찬반론'을 담론의 최전방에 배치하는 우를 범했다.

미·일 관계를 비롯한 UN의 대북제재문제와 연동된 한반도 평화안정체제의 재정립에 대한 의제는 보다 시급하고도 중요하지만 뒤로 밀려나 버렸다. 그렇게 해서 국면은 한나라당이 바라던 대로 전개되고 있다.

대북 포용정책은 화해와 협력을 통해 북한을 국제사회의 책임 있는 일원이 될 수 있도록 하자는 것이다. 이것만이 한반도에서의 전쟁 가능성을 줄이고 궁극적으로 한반도 평화와 국민의 안전을 보장하는 길이기 때문이었다. 그래서 우리 국민은 긴장대결정책 대신 햇볕포용정책을 지지해 온 것이다.

포용정책이 북의 핵실험을 그나마 지연시켜 온 것인지 혹은 핵실험을 초래했는지 또는 미국의 대북강경노선에 더 큰 책임이 있는지는 찬찬히 따져 볼 일이다. 더욱이 1994년 북핵 위기 때와는 달리 더 큰 충격의 핵실험에도 불구하고 사재기도 없고, 하루 만에 증권시장이 안정되고, 외자 이탈도 없는 현상이 포용정책의 효과인지 아닌지도 짚어봐야 할 것이다.

북핵 사태를 맞아 미국에서 야당인 민주당이 여당인 부시 행정부와 공화당을 비판하는 이유가 아이러니컬하게도 우리와 정반대라는 점도 돌아볼 필요가 있다. 그만큼 대북정책은 물론 외교정책에서 정세와 국면을 무시한 절대적 기준이란 없다는 것을 보여주고 있다.

지금은 북핵 사태 이후 긴박하게 돌아가는 국제질서에 능동적으로 대처하기 위해 힘을 모아야 할 때이다. 포용정책을 지속하느냐, 포기하느냐의 문제는 그 다음 문제이다. 또한, 기조는 유지하더라도 변화의 정도가 문제일 뿐 교조적 고수는 어렵게 되어 있는 것이 현실이다.

지금 한반도를 둘러싼 동북아 정세는 매우 엄중하다. 겨레와 국가의 명운이 달린 일이다. '균형자'의 역할까지는 몰라도 두 눈 부릅뜨고 동북아 세력재편에서 무기력하게 소외되는 일이 없도록 해야 한다. 정치권의 책임이 크다. 한반도와 국민의 운명을 정쟁의 소재로 삼을 것인지, 아니면 역사적 책무의식으로 준비하고 대응해 나갈 것인지를 결정해야 한다.

한나라당에 기대할 수는 없는 일이다. 정부·여당부터 남북문제를 정쟁 대응의 수준에서 한반도 평화안정체제의 재정립이라는 격상된 담론으로 이끌어내야 한다. 정보와 수단 그리고 책임을 지닌 집권세력으로서 위기관리능력과 리더십을 보여줘야 할 때이다.

2006. 10. 12

5·31 레드카드는
민심의 SOS이다

—국민 생활중심정치만이 살길이다

참혹하다. 너무나 참혹하다. 정부 여당에게 내린 민심의 칼날은 열린우리당 지지율과 역량 있는 후보들을 잘라내었다. 국민들의 누적된 거부감과 고단함이 한꺼번에 분출된 것이다. 선거 전부터 심상치 않았던 민심에 '종아리를 걷어올리는' 반성과 '싹쓸이만은 막아달라'는 호소로 납작 엎드렸다. 그러나 성난 민심을 달랠 수는 없었다. 지금은 위기가 아니라, 위기 중의 위기이며, 위기 속의 위기이다.

이런저런 평계도 있을 수 있다. 우리가 이뤄놓은 것을 너무 몰라준다는 항변도 있을 수 있다. 하지만, 우리만의 넋두리로 여겨질 뿐이다. 그만큼 우리의 정책과 우리들의 정치는 국민으로부터 너무 멀리 떨어져 나와 있었다는 반증이다.

이번 지방선거에는 역설적인 민심의 메시지가 있다. 목표를 잃은 민심이 우리에게 위급신호(SOS)를 보낸 것이다. 우리당에게 레드카드를 보내기 위해 한나라당에게 투표를 한 민심을 헤아려야 한다. 한나라당에 투표하지는 않더라도 표적을 잃고 방황하는 국민들에게 우리는 혁명적 변화를 통해 그들의 표적이 다시 되어주어야 한다. 그러기 위해 우리는 모든 것을 걸고 혁명적으로 변해야 한다. 우리 내부의 진정한 혁명적 변화만이 국민들의 마음을 얻고 우리가 사는 길이다.

우선, 내부 분열과 불신의 극복이다. 개혁과 실용은 정치의 본질이다. 이를 두고 김대중 전 대통령께서는 '정치인은 서생의 문제의식과 상인의 현실감각을 갖춰야 한다.' 고 갈파했다. 실용―개혁 논쟁은 참으로 의미 없고 허망할 뿐 아니라, 분열을 위한 논쟁에 불과하다. 국민들은 힘들어하고 있는데 지들끼리 편 갈라 싸우고만 있다는 준엄한 호통을 우리는 5 · 31 지방선거에서 확인했다.

정치의 목표는 민생이다. 정책의 목표는 국민생활 개선이어야 한다. 참여정부와 집권여당이 국민들의 실생활에 어떤 영향을 미쳤는지를 5 · 31을 통해 엄중하게 되돌아봐야 한다. 말 그대로 국민생활중심 정치로 나아가야 한다. 우리가 이 땅의 민주주의와 인권, 통일을 위해 헌신했기 때문에 가졌던 도덕적 순결성만으로 국민을 감동시킬 수 있는 시대는 끝났다. 국민을 잘 먹고 잘 살게 하는 길만이 우리가 살길이며, 해법이자 목표다. 5 · 31은 우리들의 정책을 곱씹어 보고 개선할 필요가 있다는 경고등을 켜주고 있다.

로드맵을 만들고, 정책을 추진해 왔는데 그 정책들이 실생활의 현장에서 과연 어떤 모습과 결과로써 나타나고 있는지 꼼꼼히 따져 봐야 한다. 지금이라도 잘못된 것이 있다면 과감하게 바꿔야 한다. 당이 앞장서서 바꿔내야 한다. 잘못 알려진 것이 있다면 당이 앞장서서 제대로 알려내야 한다.

이순신 장군에게 12척의 배가 남아 있었다. 우리 평화·민주·개혁 세력에겐 이제 덩그러니 143개의 의석만이 남아 있을 뿐이다. 그래서 이제는 143명의 의원들이 똘똘 뭉쳐야 한다. 뭉치면 살고 흩어지면 죽는다. 치열한 반성도 뭉쳐서 하자. 143명의 의원이 뭉쳐야 국민의 고통과 불만을 해결하는 정책 소통의 겸허한 통로가 될 수 있다. 지각이 변동해도 뭉치면 살 수 있다. 하나로 뭉쳐서 국민의 뜻대로 행동하고, 말하고, 과감하게 고쳐 나가자. 변화를 두려워하지 않는다면 우리가 새롭게 출발할 수 있는 기회가 반드시 올 것이다.

선거 참패 후 언론에 비친 우리당은 승계냐, 사퇴냐를 고민하고 있지만, 벌을 내린 국민들에게 보여주는 모습치곤 참 곤혹스러운 모습이다. 이제 털어내자. 당내의 낡은 분열과 대립의 구도를 털어내고 국민의 절절한 생활 속으로 두 눈 똑바로 뜨고 달려 들어가자. 계파별 정치공학 계산기는 민심의 쓰나미에 던져버려야 한다. 모두가 마음을 비우고 절박한 심정으로 하나가 되어 헤쳐 나아가야 한다.

2006. 6. 4

'선판후인(先版後人)'의 자세로
국민 중심의 정치재편을 이뤄야 한다
─ '정당연합형' 오픈프라이머리와 '권력구조' 개편 검토할 시점

내년 대선을 앞두고 오픈프라이머리에 대한 관심이 높아지고 있다. 현재의 정당질서에 대한 국민적 불신이 팽배한 상황에서 정당의 고유 권한인 후보자 선출 권한을 국민에게 내놓는 것은 안타깝지만 당연한 일이다.

한국 정치에서 정당은 기존의 기득권을 계속 내놓으면서 국민적 지지와 민주주의를 이어왔다고 해도 과언이 아니다. 지난 대선과 17대 총선을 거치면서 1인 보스정치와 밀실공천을 청산하고 당원들에게 공직후보자 공천권을 내주었다. 이제는 후보자 선출과정에서부터 국민적 참여를 보장해야 하는 단계에 와있다.

그동안 국민은 정당이 뽑은 대통령 후보들 중에 한 명을 고르는 소극적 선택자였다면, 이제는 국민이 직접 후보를 뽑고 대선에서 지지와 당선을 위한 노력을 기울이는 적극적 선택자가 되어 전면적인 참여형 민주주의가 시작되는 것이다. 그런 점에서 현재 열린우리당 일각에서 정치적 재편이 이뤄지기도 전에 당 후보 논의를 시작하자는 주장은 바람직하지 않다. 지금의 당 후보에 대한 논의는 곧 사라질 기득권에 얽매여 큰 것을 보지 못하는 우를 범하는 것이기 때문이다.

일면 한나라당의 후보군이 넘쳐나는 상황에서 우리당의 후보를 하루라도 빨리 내세워 맞서 보려는 마음은 충분히 이해가 간다. 그러나 우리당이 후보를 먼저 내세우려는 순간 진정 국민이 바라는 정치 재편에 장애가 될 가능성이 높다. 안타깝게도 현재 대통령과 우리당의 지지도는 10% 내외이다. 즉 우리당의 후보는 누가 되더라도 10%짜리 후보가 될 수밖에 없는 상황임을 직시해야 한다. 현재로서는 아무리 성장 잠재력이 있는 유능한 후보가 있다 해도 당의 지지도를 끌어올리기보다 동반 침몰할 가능성이 높은 것이 사실이다.

그렇기 때문에 우리당은 기득권을 버리고 국민이 바라는 정치세력의 재편을 위해 몸을 던져야 한다. 그런 후에 오픈프라이머리를 통해 전면적인 국민참여를 일궈내어 대선 후보를 선출해야만 재집권의 가능성이 있다. 한마디로 '선판후인(先版後人)'이라 할 수 있다.

오픈프라이머리 논의가 진행되면 될수록 정당의 경계도 모호해질 수밖에 없다. 정당의 기득권을 내놓는 마당에 정당의 경계에 갇히는 것은 우둔한 짓이다. 보다 많은 국민의 참여와 지지를 이끌어내기 위해서 정책과 정체성이 비슷한 둘 이상의 정당이 함께하는 '정당연합형 오픈프라이머리'의 가능성도 열어놓아야 한다.

또한, 우리 사회의 개방화 속도와 정보화 · 고도화 수준에 따른 다양하고 복잡한 정치 · 사회적 요구를 정치권이 수렴하기 위해서라면 내각제 등 권력구조의 변화에 대해서도 신중히 검토해야 할 단계라고 생각한다. 현재의 대통령중심제는 민주화투쟁을 통해서 얻어낸 전리품이라는 정서가 여전히 남아 있다. 그래서인지 내각책임제라고 하면 대선전략용으로 폄하되거나, 시기상조라고 외면하기 쉽다.

그런 점에서 '정당연합형 오픈프라이머리'가 이뤄질 수 있다면 싸우고 헐뜯는 정치 문화에 지친 국민과 정당에게 새로운 경험과 국가비전을 안겨줄 것이다. 내각책임제는 정당 간 상호신뢰와 협력이 전제조건이다. 우리 정치에 가장 아쉬운 부분이기도 하다. 보다 생산적인 권력구조와 미래지향적 정치 문화를 만들어 그 어느 것보다 절실한 국민통합의 새로운 동력을 만들어야 하는 사명이 부여된 셈이다.

정당연합형 오픈프라이머리의 도입 가능성을 열기 위해서 정당법 및 공직선거법 등 정치관계법에 대한 개정이 필요하다. 관계법령에 대한 법률적 검토를 조속히 마무리하여 관련법 개정안을 제출할 것이다.

2006. 10. 9

'정당연합형 오픈프라이머리'의 가능성을 열어놓자

―국민과 정당에게 새로운 경험과 국가 비전을 안겨줄 것

한국에서 오픈프라이머리의 태동은 현 정당질서에 대한 국민적 불신에서 기인한다. 정치권이 국민의 신뢰를 얻어 살아남기 위한 고육지책이다. 그런 점에서 정당의 고유 권한인 후보 선출 권한을 국민에게 내놓는 것은 안타깝지만 당연한 일이다.

한국 정치에서 정당은 고유의 기득권을 계속 내놓으면서 국민적 지지와 민주주의를 이어왔다. 지난 대선과 17대 총선을 거치면서 1인 보스정치와 밀실공천을 청산하고 당원들에게 공직후보자 공천권을 내주었다. 이제는 오픈프라이머리를 통해 후보자 선출과정까지 국민의 참여를 확대시켜 대의민주주의의 약점을 보완해 나가려는 것이다.

현재의 하나의 정당 오픈프라이머리 논의에서 더 나아가 둘 이상의 정당이 함께하는 '정당연합형 오픈프라이머리'의 가능성을 열어놓아

야 한다. 이것은 다원화된 사회에서 다양한 국민의 이해와 요구를 수렴하고, 국민의 민주적 참여 권리를 보다 완성도 높게 보장하는 방안이 될 것이다.

또한, '정당연합형 오픈프라이머리'는 대통령중심제를 유지하면서도 우리 사회의 개방화, 정보화의 고도화 수준에 따른 다양하고 복잡한 정치·사회적 요구를 정치권이 효과적으로 수렴할 수 있는 보다 나은 권력구조로 향한 첫 걸음이 될 수 있다.

오픈프라이머리를 채택하고 안 하고는 전적으로 그 정당의 선택에 달려 있다. 문제는 오픈프라이머리 도입을 두려워한 나머지 본질과 취지를 왜곡하고 제도 도입 자체를 훼방놓는 행태이다. 최근의 한나라당의 태도는 두려움 그 자체이다. 국민의 폭풍 같은 참여가 두려운 것인가? 자신들의 두려움 때문에 선진 정당의 제도 도입을 가로막는다면 영원히 집권할 수 없는 불임 정당이 될 것이다.

'정당연합형 오픈프라이머리'가 이뤄질 수 있다면 싸우고 헐뜯는 정치 문화에 지친 국민과 정당에게 새로운 경험과 국가 비전을 안겨줄 것이다. 우리 정치에 가장 아쉬운 부분인 정당 간 상호신뢰와 협력이 가능해질 수 있을 것이다.

이제 우리에겐 보다 생산적인 권력구조와 미래지향적 정치 문화를 만들어 그 어느 것보다 절실한 국민통합의 새로운 동력을 만들어야 하는 사명이 부여된 셈이다.

오픈프라이머리의 도입 가능성을 열기 위해서 정당법 및 공직선거법 등 정치관계법에 대한 개정 논의에 '정당연합형 오픈프라이머리'의 가능성을 담아내야 한다.

2006. 11. 12

천 대표 체제는 실패한 것인가?
과반 의석 열린우리당
원내대표단 1기 평가와 반성

— 성동격서(聲東擊西)의 지략과 실사구시(實事求是)적 태도

천정배 전 원내대표의 사의로 1기 원내대표 체제가 사실상 중도하차하였다. 그러나 정작 그 어디에서도 원내대표단 1기에 대한 평가는 이뤄지지 않았다. 그저 4대 개혁입법 실패에 따른 책임과 추궁, 그리고 사퇴와 망각만이 있을 뿐이다.

원내대표단 1기는 우리 헌정사상 처음으로 민주평화세력이 단일 교섭단체로 국회에서 과반을 점한 지도부로서의 의미를 지닌다. 그러나 수십 년 동안 국회의 과반을 점했던 야당과 그렇지 못한 여당이 이번 17대 총선으로 바뀐 자신들의 지위와 역할에 대한 부적응과 착각을 반복하였다. 특히, 제1야당의 막무가내식 원내전략은 합리적이며 민주적 절차를 따르고자 했던 우리당의 '순진한' 원칙을 압도하기에 충분했다. '4대 개혁입법'은 어느새 정쟁의 대상이 되어버렸고, 절차적 민주주의가 더 이상 작동하지 않는 대한민국 국회의 의사일정은 이미 누

군가의 피를 토하는 책임을 원하고 있었는지 모른다.

수구보수세력은 개혁입법의 반대와 저지를 위해 전면전을 선포하다시피하였다. 그들은 민생과 개혁을 끊임없이 이분화시키면서 개혁입법 반대에 매달렸다. 민생과 개혁의 이분법은 과거 수구독재가 권력 유지를 위해 전가의 보도처럼 휘둘러 왔던 냉전·안보 논리와 함께 자신들의 기득권을 지켜내고자 개혁세력을 무력화시키는 보다 발전된 논리일 뿐이다.

민생과 개혁은 동전의 양면이다. 민생 없는 개혁은 있을 수 없으며, 개혁 없는 민생 또한 있을 수 없다. 지난 1기 원내대표단은 그 누구보다 이러한 사실을 잘 알고 있다. 첫째도 개혁, 둘째도 개혁, 셋째도 개혁이라는 주장은 전적으로 옳다. 적어도 그 개혁이 그동안 우리 사회를 억눌러 왔던 경제적 양극화의 모순과 분단국가의 왜곡으로부터 정의와 상식을 복원시켜냄으로써 '일할 맛 나는 사회'를 만드는 과정이기 때문이다.

그러나 1기 원내대표단은 수구 보수세력의 간교한 이분법의 위력을 지나치게 간과하였다. 생각보다 경제적 침체가 장기화되었으며, 국민들의 17대 국회에 걸었던 개혁 열망은 먹고사는 문제로 치환되기에 이르렀다. 결국 4대 개혁입법 처리는 '연내에 국회의장이 의사봉을 잡느냐 마느냐'의 문제로 변질되어 버렸다.

이는 곧 1기 열린우리당 원내 지도부의 실패로 귀결되었다. 누군가는 책임을 져야 했으며, 이부영 당의장과 천정배 원내대표는 임기 중

사퇴로서 그 책임을 졌다. 우리는 다시는 돌아보기 싫은 어릴 적 한바탕 소동을 벌인 것 같은 기분으로 황급히 2004년을 보냈고, '연내처리' 라는 스스로 만든 굴레를 벗어던지기에 급급했다. 그러나 너무 급급한 나머지 1기 원내대표단의 성과를 제대로 평가하는데 매우 인색한 것은 아니었는지 아쉬움이 든다.

우리는 지난 연말 4대 개혁법안의 연내처리를 위하여 우리가 보일 수 있는 최대한의 역량을 결집시켰다. 헌정사 최초의 평화개혁세력이 다수를 점한 국회의 역량을 집중시켜 우리의 가능성과 한계를 현실적으로 측정해 볼 수 있었다. 이러한 천 대표 체제의 경험은 성공하는 집권여당과 참여정부가 되기 위해 필요한 숙명적 절차였으며 우리는 결과적으로 매우 소중하고 값진 자산을 축적한 셈이 되었다.

이는 분명 향후 정국운영에 있어 연말에 검증된 역량을 바탕으로 현실과 괴리 없는 '실사구시(實事求是)' 의 국정기조를 잡을 수 있는 토대를 마련한 것이다. 어쩌면 이러한 역할과 기능이 평화민주개혁세력 과반 국회 제1기 원내대표단의 최고의 과제였으며 숙명적 한계였는지 모른다. 그런 의미에서 천 대표 체제가 성공했다고 말할 수는 없지만 실패했다고 평가되는 것도 옳지 않다는 것이다.

『맹자』에 '활을 과녁에 맞추지 못했을 때, 남을 탓하지 않고 자신의 자세와 실력을 탓하라' 는 뜻의 '반구제기(反求諸己)' 라는 말이 있다. 상황논리와 남 탓을 하기 전에 우리의 역량과 자세, 마음가짐을 돌아보자는 의미이다.

만약, 1기 원내대표단이 이른바 보다 유연성을 가지고 한나라당과 적당히 타협하였다면, 17대 국회에 열린우리당을 과반 다수당으로 만들어준 국민들의 지지와 기대를 저버리는 것은 물론이고, 2기 원내대표단의 국회운영 역시 1년 내내 노선 갈등과 충돌을 불가피하게 만들어 여권 전반에 커다란 부담이 되었을 것이다. 그러나 천 대표 체제는 원칙 없는 타협을 하지 않았으며, 시대적 요구를 거스르는 타협을 협상의 전리품으로 삼지도 않았다. 그렇게 함으로써 정세균 원내대표 체제가 보다 현실적이고 실리적인 국정운영의 기조를 잡게 만들었다. 바로 이 부분이 천 대표 체제의 가장 큰 성과이며 공로이다.

국회 내의 진지한 토론과 대화, 민주적 절차를 복원하기 위한 우리당의 노력은 과거 그 어느 국회에서보다 진지하게 진행되었으며, 그 근저에는 우리 사회의 개혁은 일개 거대 야당—한나라당이 거스를 수 없는 커다란 물줄기라는 당당한 믿음이 있었기 때문이다.

또 한 가지, 보다 적극적으로 1기 원내대표단의 성과를 평가하자면, 2005년 경제 활성화의 근간을 이루어 놓았다는 것이다. 당초 의도된 것은 아니었지만 결과적으로 이른바 36계 지략 중 제6계에 해당하는 '성동격서(聲東擊西)' 의 전략을 구사한 셈이 되었다.

정치권과 사회정치 제 세력의 관심이 '4대 개혁법안' 에 집중되어 전선이 형성되었을 때, 집권여당은 정부가 제출한 법안 중 민생경제 활성화와 성장과 분배를 조화시키는데 절대적으로 필요한 시장의 룰과 도구가 될 법안을 통과시켰다. 기금관리기본법과 민간투자법이 그러하고 공정거래법이 그러하다. 정부가 17대 국회에 제출한 211건의 의

안 중 118건을 처리하여 84건(약71%)을 가결시켰다. 보름간에 걸친 야당의 등원거부와 간첩파동 등을 감안한다면 결코 낮은 가결율이 아니다. 이미 기금관리기본법과 민간투자법의 효과는 최근 증시에 반영되어 경제 활성화에 좋은 신호를 보내고 있다는 평가다.

이렇듯, 1기 원내대표단 체제는 비록 4대 개혁법안 중 3개 법안을 2월 임시국회로 미뤄놓았지만, 2005년을 경제 활성화 원년으로 새로운 희망을 향한 도약의 토대를 만들어 놓은 것이다. 이를 두고 '성동격서' 형 '실사구시' 적 운영이었다면 과한 표현일까? 애당초 천 대표 체제를 실패한 지도부로 규정하기에는 우리가 너무 성급하고 가혹한 잣대를 들이댄 것인지 모른다. 분명 한계는 있었지만, 사상 처음으로 해보는 과반 여당의 지도부로서 실사구시적 태도로 원칙을 잃지 않고 긴 호흡으로 개혁과 민생을 책임지는 자세로 일관하였다는 것은 말할 수 있지 않을까.

실용주의에 대한 무의미한 논란은 끝나야 한다. 새 원내지도부가 표방한 실용주의는 과거 교조적 개혁지상주의와 분명한 선을 긋겠다는 것을 의미한다. 개혁의 후퇴나 포기하고는 거리가 멀다. 다만, 교조적인 도그마에 이끌려 선언과 구호에 그치는 개혁을 하지 않겠다는 것이다. 우리당의 실용주의는 튼튼한 원칙 위에서 효율과 융통성을 높이는 것이다.

실사구시적 실용주의 표방을 가능하게 하는 것은 우리당의 역동성이며 자신감이다. 20만에 이르는 기간당원과 국민에 대한 믿음이며, 어떠한 역경 속에서도 결국은 상식과 원칙이 관철되어 온 우리네 역사에 대한 무한한 신뢰에서 우러나오는 것이다.

　제1기 천 대표 체제가 강성이었기 때문에 2기 대표체제가 단순한 반작용 차원에서 보다 온건실용노선을 선택하고 있다고 생각하지는 않는다. 2기 원내대표단의 활동과 전략적 기조는 1기 천정배 대표체제의 희생을 토대로한 성과와 한계에 대한 제대로 된 심모원려의 통찰에서 출발하고 있다고 생각한다.

　개혁과 민생을 책임지는 집권여당의 지도부로서 전임 대표부의 희생을 토대로 한 단계 업그레이드된 보다 강고한 원칙과 높은 역량을 보다 세련되게 발휘할 수 있기를 기대한다. 150명의 의원들 개개인의 창의력과 열정을 끌어낼 수 있는 시스템을 구축하고 지원함으로써 무원칙을 경계하고 당내외의 개혁에 대한 도전과 무력화 시도에 단호히 맞서야 한다.

　백년정당은 하루아침에 이뤄지지 않는다. 오늘에 구현하고 준비하기를 게을리 말 것을 선배·동료의원들에게 진언한다.

　2005. 1. 31

한 초선의원의
대정부질문 첫경험

—모욕을 당하는 것은 총리가 아니라 국민입니다
—가짜 승리감에 도취해 있는 동안, 국민의 선택은 더욱 날카로워집니다

국민이 두려워 14일 만에 국회를 정상화하였습니다. 국회 정상화의 명분은 총리의 사과에 있었지만, 명령은 국민들이 내린 것입니다. 국민들도 내심 '이제야 국회가 일 좀 하겠구나' 라며, 한숨을 돌렸을 겁니다. 그러나 오늘 사회·문화분야 대정부질문에서 일부 의원들이 보여준 행태는 정말 허탈하고 수치스러움의 극치였습니다. 정말이지 본회의장에 앉아 있기가 부끄러웠습니다. 마치 들키지 말아야 할 범죄의 현장에 있는 듯한 오싹함마저 들었습니다.

국회법에도 대정부질문은 '일문일답' 으로 국정전반 및 국정특정분야에 대해 질문하도록 되어 있습니다. 그러나 일부 의원들은 자신의 일방적인 주장과 자기 당의 입장을 강변하기 위해 연단에 올라선 듯, 질문은 없고 총리와 정부에 대한 감정풀이만 있었습니다.

더구나 이런 악성 대정부질문을 초선의원들이 앞장섰다는 데에서
는 참담하고도 암담한 기분마저 들었습니다. 국회가 정상화될 무렵
여·야 할 것 없이 초선의원들이 국회 정상화를 이루자는 분위기가
무르익은 것이 엊그제인데, 정작 국회가 정상화되니 다른 일부 초선
의원들이 (아마 그들에게도 이번이 대정부질문의 첫경험이었을 것입
니다.) 기다렸다는 듯이 달려드는 형국은 어떻게 설명해야 하는지 서
글펐습니다.

아무리 나쁜 습관과 못된 짓을 배우는 것이 쉽다고 하더라도, 그 놀
라운 낡은 정치에 대한 학습능력은 당 지도부로부터는 박수를 받을 수
있을지언정, 국민의 호된 매질을 피하기 힘들 것입니다. 행여, 자기 당
의 대정부질문 전략차원에서 초선의원들이 희생타를 친 것이라 할지
라도, 동의하기 힘든 내용을 일방적으로 스트레스 풀듯이 떠들어 댄
것이야말로 정말 창피하고 졸렬한 정치행태에 지나지 않습니다.

국민들을 화나게 하고 모욕하는 것입니다. 특히, 총리를 답변대에
불러 세워놓고는 아무런 질문도 하지 않고 다시 돌려보내는 오만방자
한 행위는 국민이 저버린 16대 국회에서도 행해지지 않았던 충격적인
사건이었습니다. 한 초선의원이 당당히 벌인 그 행위는 마치 아무런
죄의식 없이 범죄를 저지르는 철없는 10대의 영악함을 보는 듯하였습
니다.

이제 대정부질문을 이틀 남겨두고 있습니다. 경제와 정치에 관한 질
문입니다. 또 어떤 험악한 말과 어처구니없는 행태로 점철될지 참으로
걱정스럽습니다. 상대에게 모욕 주는 것을 이기는 것이라고 착각한다

면, 그렇게 해서라도 이기는 승리감을 맛보십시오.

역사는…….
국민은…….
지금껏 그래왔듯이…….
항상 올바른 길만을 택하여 진정한 승리자를 가려낼 것입니다.

2004. 11. 12

상식과 품격을 지닌
17대 국회를 기대한다
—정치의 품격을 높이는 것과 생활중심정치는 정치권 공동의 목표

🌼 서울 동작갑 출신 열린우리당 전병헌 의원입니다.

존경하는 국회의장님, 그리고 선배·동료의원 여러분. 국민은 새로운 정치에 대한 기대와 희망으로 17대 국회를 선택했습니다. 우리는 모두 국민에게 '싸우지 않고, 정정당당하게 정치를 하겠다' 라는 약속을 하고 이 자리에 함께하고 있습니다.

선배·동료의원 여러분의 가슴에도 국민과의 소중한 약속이 남아 있을 것입니다. 저 역시 17대 국회의 젊은 초선의원 중 한 사람으로서 국민과의 약속을 늘 기억하고자 합니다.

그런데 며칠 전 의원으로서 지켜야 할 최소한의 상식과 금도조차 깨버린 일이 벌어졌습니다. 국민을 두려워하지 않는 연극 아닌 연극을

봤습니다. 화가 나고 분노가 치밀기보다는 오히려 정치권의 한 사람으로서 민망하고 참으로 부끄러웠습니다.

노무현 대통령을 정치적으로 지지할 수도 있고 혹은 반대할 수도 있습니다. 그러나 노무현 대통령은 국민이 직접 뽑은 우리들의 대통령입니다. 대한민국의 대통령입니다. 군사 쿠데타로 또는, 체육관에서 뽑은 대통령이 아닙니다. 호불호를 떠나 우리의 대통령으로서 마땅히 존중받아야 합니다. 우리가 대통령을 존중하는 것은 국민의 의사를 존중하는 것이자, 우리 스스로 품위를 지키는 것이기도 합니다.

'예의란 남을 공경하는 마음으로, 바르고 깍듯하게 행동하는 것으로 인간이 짐승과 다른 것은 예의를 아는 데 있다.', '염치란 부끄러움을 아는 양심이 있어 자기의 잘못을 깨닫고, 후회하고 괴로워할 줄 아는 것이다.' 라고 모두 중학교 1학년 2학기 도덕교과서에 나오는 내용입니다. 지금 이 순간에도 어느 중학교 교실 칠판에 쓰이고 있을 예의와 염치라는 말을 생각해 봅니다.

저는 이 자리에서 아픈 환부를 가시로 다시 찔러 상처를 키우려는 것이 아닙니다. 정쟁화시켜서 한나라당을 공격할 의도는 더욱 없습니다. 오히려 함께 부끄러워하고, 같이 반성하며 이제부터 잘해 보자는 의지를 함께 다졌으면 합니다.

아무리 한나라당 일부 의원님들이 박장대소를 하고, 프로급 연기라고 칭찬했다고 하지만, 분명 다수의 한나라당 의원님들은 어처구니없는 연극 아닌 연극에 이미 부끄러워했으리라 생각하기 때문입니다. 그

것은 여·야를 떠나, 17대 국회를 함께 시작한 동료의원에 대한 제가 가진 최소한의 신뢰이자, 여러분을 뽑아주신 국민에 대한 굳건한 믿음입니다. 스스로 상처를 내는 일로 국회가 국민에게 외면받아서는 안 되기 때문입니다.

저는 한나라당 의원님들이 잘못을 사과할 용기조차 없다고 믿고 싶지는 않습니다. 그러나 '연극은 연극일 뿐' 이라는 변명은 연극에 대한 모독일 뿐 아니라, '한나라당은 역시 한나라당일 뿐' 이라는 냉소만을 부를 것입니다.

존경하는 선배·동료의원 여러분!!

우리는 여·야를 떠나, 공동의 목표가 있습니다. 바로 정치의 품격을 높이는 일입니다. 이는 정쟁의 대상이 될 수 없습니다. 시비의 근거가 될 수는 더욱 없습니다. 정치가 낡은 습성과 타성에 젖었을 때 국민은 엄중한 매를 들었습니다. 그리하여 16대 국회가 심판받고 17대 국회가 출범한 것입니다.

오늘은 17대 국회의 첫 정기국회가 시작되는 날입니다. 앞으로 100일 동안은 정략과 전술의 싸움터가 아니라, 정책과 내용으로 승부를 겨루는 선의의 경쟁이 필요합니다. 국민의 민심을 어루만지는 '따뜻한 국회' 가 되기를 소망합니다.

약속은 실천에 대한 믿음입니다. 우리 정치권은 지난 총선에서 국민들과 소중한 약속을 했습니다. 우리는 국민들에게 약속은 꼭 지켜진다는 믿음을 줘야 합니다. '약속을 지키고 믿음을 주는 국회'를 함께 만들어 나갑시다.

'거창한 구호'나 '슬로건의 정치', '거대담론의 정치'가 아니라 국민에게 실질적인 이익과 혜택과 도움을 줄 수 있는 생활중심정치를 저부터 실천하겠습니다.

부디 우리 정치권이 '누가 더 먼저 낡은 제도를 개선하는가', '누가 더 크게 국민의 목소리를 듣는가', '누가 더 빨리 나라 경제를 살리는가'를 놓고 선의의 경쟁을 할 것을 제안합니다. 저도 그 경쟁의 장에 기꺼이 뛰어들겠습니다.

경청해 주셔서 감사합니다.

2004. 9. 1 [정기국회/자유발언]

입법과 정책의 견인차,
국회 입법조사처 국민의 '싱크탱크' 로
자리매김하길 바랍니다

─한국의 CRS를 만들자

🌿 2005년 7월 7일, 53명의 여·야 국회의원과 함께 국회의 국정감시 기능을 강화하고, 입법 체계의 효율성을 제고하기 위해 〈국회입법지원처〉 제정안을 대표발의했습니다. 그리고 2006년 12월 정기국회에서 〈국회입법조사처〉 설립법안이 통과되었습니다. 이로써 국회의 입법 역량이 획기적으로 강화되는 계기를 기대할 수 있게 되었습니다. 무엇보다 국회의 독자적인 지식정보체계를 갖출 수 있게 되었다는 점에서 매우 고무적인 성과이며, 개인적으로는 입법의 성과를 함께할 수 있어 영광으로 생각합니다.

한·미 FTA, 북핵 및 개성공단 등 우리 사회의 굵직한 현안에 대한 미국 의회의 입장은 무엇일까? 궁금하면 미국 의회조사국(CRS: Congressional Research Service center)의 보고서를 살펴보라는 말이 있습니다. 미국 의회조사국이 발간하는 보고서는 미국의 상·하원에 제공되어 의원들의 정책 판단은 물론 주요 입법 및 대외적인 전략 수립 자료로 유용하게 활용되고 있습니다. 민주주의의 전당인 의회가 독자적인 정보수집과 판단 체계를 갖고 있기에 강력한 대통령제인 미국에서도 의회가 제 역할과 기능을 다하고 있는 것입니다.

우리나라에서도 국회 본연의 기능인 국정에 대한 감시활동을 위해서는 독립적인 입법·정책 판단을 할 수 있는 지식정보 체계가 필요합니다. 그간의 입법정보는 국회도서관 등에서 지원이 이뤄져 왔지만, 상당 부분은 정부 부처 등 피감기관이나 민간 경제연구소 등에서 제공하는 정보에 의존할 수밖에 없었던 현실이었습니다.

국회입법조사처의 설립을 계기로 미국 의회조사국에 버금가는 양질의 조사와 정보분석 기능이 이루어져 의회 민주주의의 진전을 이뤄낼 수 있기를 기대해 봅니다. 특히, 국민을 대표하는 국회의 입장에서 사안을 분석하고 조사하여 국회의, 국민의 '싱크탱크'로 자리매김하기를 바랍니다.

끝으로, 제가 대표발의하기까지 큰 용기를 주시고, 강력한 의지와 지원을 아끼지 않으셨던 김원기 전 국회의장님에게 다시 한번 감사의 말씀을 전하고자 합니다.

국회의 정체성을 말한다

―본래의 모습임과 동시에 미래의 모습

🌱 '정체성(正體性)인가? 정체성(停滯性)인가?

국가 정체성 논란이 시끄럽다. 현 정부가 대한민국 헌법에 보장된 자유민주주의와 시장경제를 어떤 식으로 부정하고 훼손하였는지 모르겠지만, 뜬금없이 터져나온 '국가 정체성' 시비는 바라보는 국민들에게나, 정치권 모두에게 한여름의 폭염만큼이나 짜증나고 답답한 일임에 틀림없을 것이다.

유신(維新)과 5공화국처럼 체육관에서 만장일치로 뽑은 대통령도 아니고, 국민의 의지와 무관하게 찬탈한 권력도 아닌데 정체성과 정통성(legitimacy)을 시비 삼아 어깃장을 놓는 것은 정략적인 이유라고밖에 볼 수 없는 것이다. 현 정권이 1960년 4월 혁명의 민주주의를 꺾기 위해 총칼을 들고 한강다리를 건너온 5·16 쿠데타군도 아니요, 1980

년 '서울의 봄'을 잔인한 동토(凍土)로 만들었던 진압군도 아니지 않은가. 국가 정체성에 대한 시비는 이처럼 우리 역사에서 헌법을 유린하고, 민주주의를 짓밟던 시대에 불의한 권력에 대한 항쟁과 저항정신으로 이어온 것이지, 생각나는 대로 뜬금없이 읊어대는 '그때 그사람'이 아닌 것이다.

국민적 기대와 희망을 듬뿍 받고 출범한 제17대 국회는 여·야 할 것 없이, 상생국회와 민생국회를 표방하였다. 그러나 출범 초기부터 원구성이 지연되고, 어려운 경제에 활력을 불어넣기보다는 각 정당의 이해와 정략에 의해 대안 없는 비판과 국정 발목잡기가 계속되었다. 어려운 경제를 헤쳐나가고, 상처입은 민심을 달래주며 미래의 국가경쟁력을 확보하기 위한 의원 개개인의 연구와 노력이 필요한 이 시기에 느닷없이 불어 닥친 '국가 정체성' 논란은 정치와 국민 사이를 벌리고 불신을 조장하는 것에 다름 아니다.

적어도 정체성(正體性)은 역사의 진보와 함께 끊임없이 발전하며 변화한다는 기본적인 사실조차 망각하고 정체성(停滯性)에 빠져 과거의 잣대로 현재의 정체성을 재단하는 어리석음을 버려야 할 때인 것이다.

'훼손된 국회 정체성을 바로 세워 의정제민(議政濟民) 실천해야'

정치권은 소모적이고 정략적인 국가 정체성 논란을 자제하고, 국가와 겨레가 살아 나가야 할 비전과 미래지향적 정책을 펼치기 위하여 분투하여야 한다. 그런 의미에서 오히려 지금 필요한 것은 국가 정체성에 대한 회의나 다툼이 아니라 국회의원과 대의제 기관인 국회의 정체성을 되돌아보는 현명함이다. 그동안 괴리되어 왔던 본래의 모습과 현재의 모습 간의 모순과 부조리 등 벌어진 간극을 메우는 노력을 통해 국가대계를 준비하는 선량의 역할에 복무하는 것이다.

적어도 현재의 시기에서는 멀쩡한 국가 정체성보다는 훼손된 국회 정체성을 따져 국민들의 민심에 다가가는 의정제민(議政濟民)을 실천해야 하는 때라는 것이다.

정체성이 무엇인가? 사람이나 조직 혹은 국가와 민족은 자신 고유의 정체성을 지닌다고 한다. 사전적 의미의 정체성이란 본디의 참모습, 본체 혹은 그것을 지향하는 일련의 행위와 의식사고를 의미한다. 미국의 저명한 사회학자 고프먼 (Goffman Erving, 1922－1986)은 『스티그머의 사회학(1963)』이라는 저서에서 정체(正體)란 자신의 행위를 어느 정도 구성하는 상황 하에서 어떤 독자성을 표현, 성취하고자 하는 개인의 시도라고 정의한다. 그는 가상자아(Virtual Self)와 사실자아(Actual Self)의 사이에 존재하는 긴장관계에서 정체의 존재를 찾는다.

좀더 구체적으로 말하면, 가상자아는 자신의 외부 환경, 즉 자신이 속한 조직과 사회에서 요구되어지고 기대하는 역할과 기능을 행하는 것이다. 가령, 군대에 들어간 신병은 자신이 사회에서 어떠한 직업과 학력을 소유하였건 간에, 신병으로서 군기가 들어야 하고, 명령에 복종할 줄 아는 군대의 규범을 익히고 행동하는 것이다.

사실자아는 자신을 대외적으로 인지시키는 특색 있는 요소로 구성된 자아를 의미한다. 가령, 군대의 신병으로 똑같은 옷과 밥을 먹고 훈련을 하지만, 그 중 어떤 사람은 경제학 박사일 수도 있고, 어떤 사람은 사업가의 마인드로 단련된 예비사업가일 수도 있다. 고프만은 가상자아와 사실자아의 긴장관계에서 형성된 의식과 의지로부터 행위가 이뤄진다고 하였다. 똑같은 신병이지만 서로 격이 다른 말과 행위가 오가는 것도 가상자아와 사실자아 사이에서 형성된 정체성이 서로 다르기 때문이다.

'정체성은 본래의 모습임과 동시에 미래의 모습'

사람이나 조직은 물론이고, 나라와 민족 또한 자신 스스로의 정체성을 가지게 된다. 정체성이란 본래의 고유한 성질임을 의미하기도 하지만, 외부 환경과의 복잡다단한 관계를 통한 투쟁과 타협의 역사적 산물이다. 또한 정체성은 끊임없이 본래의 모습과 미래의 모습을 표현함과 동시에 공동체를 이루는데 필요한 상식과 양식의 표현이기도 한 것이다.

그렇다면 국회의 정체성을 어떻게 찾아나갈 것이고 세울 것인가? 답은 간단하다. 본래의 모습으로 돌아가는 것, 본디 의회라는 것 자체가 인류문명에 있어 민주주의를 향한 위대한 행보의 산물이 아니던가. 대의제 기관으로서 의회가 헌법기구로 그 권한과 의무를 국민으로부터 부여받은 것조차 불과 1~2세기에 불과하다.

특히 우리나라의 경우 반세기의 역사에 불과하다. 그럼에도 애초에 태생의 배경이 된 민주주의적 질서와 국민을 위한 대의기구로서의 역할 대신 당리당략과 정파적 이해, 혹은 특정 계급이나 계층을 대변하는 이익단체적 성격을 띠기까지 하였다. 정권을 획득하는 것이 정당의 근본적 목적이라고 하지만, 그 과정에서 국가적 장래와 나아갈 길을 외면하는 순간 정치노름이라는 비판에 직면할 수밖에 없는 것이다.

'국민의 대의기구로서 국회의 정체성'

국회의 가장 근본적인 임무는 대의제라는 것에 녹아 있다. 즉 국민을 대표한다는 것이다. 국민을 대표한다는 것은 산술적 의미가 아니라, 국민의 의사와 사회정치적 욕구를 채워줄 수 있어야 한다는 것이며 그것은 국가 및 국민에게 실질적인 도움을 주는 정책과 입법 활동으로 표현된다. 지역구 의원이 지역구민의 대표가 아니라 국민의 대표기구로서 규정받는 것도 이와 같은 의미이다. 항상 국가적(national) 관점 하에서 현안을 인식하고 해결하고자 하는 노력이 조건으로 붙는 것이다.

'국가이익과 양심에 따른 직무수행―국회의원의 정체성'

그런데 보다 중요한 것은 국회(의회)의 기구적 성격보다, 그 구성원으로서 국회의원의 자질과 상식이다.

'나는 헌법을 준수하고 국민의 자유와 복리의 증진 및 조국의 평화적 통일을 위하여 노력하며, 국가이익을 우선하여 국회의원의 직무를 양심에 따라 성실히 수행할 것을 국민 앞에 엄숙히 선서합니다.'

국회의원이라면 누구나 국민 앞에서 엄숙히 선서했을 내용으로 대한민국 국회의원으로서 요구되는 자질과 양식이 집약되어 있다. 그러나 현실에서 국가이익보다는 소속한 정당의 이익이 우선되지는 않았는지, 그리고 양심에 따른 직무 수행보다는 개인의 영달과 매명 그리고 집단의 이해에 따른 직무수행을 하지는 않았는지 돌아보아야 할 것이다. 국회의원으로서의 정체성은 다름 아니라, 이러한 국익 우선과 양심에 따른 직무수행에 있다 해도 과언이 아닌 것이다.

국회의원이 언론과 국민 대중에 자신의 이름과 활동이 알려지길 원하는 것은 대중정치인으로서 당연한 것이고, 국회의원과 국민 사이의 정당한 의사소통의 방법이기도 하다. 그러나 의원이 언론이나 미디어 혹은 국민의 당장의 요구와 인기에 부응하기 위하여 영합하는 순간 문제는 발생한다.

매순간 선택의 연속인 정치의 속성상, 자칫 진지한 모색과 사려 깊은 대안 제시보다는 언론영합 혹은 대중추수의 유혹을 받기 쉽다. 그 순간에는 이름을 날리고, 유명세를 탈지는 몰라도 장기적으로 봤을 때, 개인적으로도 그다지 큰 이익이 되지 않을뿐더러, 국가이익에도 별 도움이 안되는 경우가 많다는 것이 우리가 경험한 현대 정치사의 소중한 교훈이다.

'개혁은 상실된 정체성을 찾아나가는 지난한 과정'

특히, 2004년 17대 국회의 국회의원으로서의 정체성은 위에 언급한 '선천적 정체성' 과 더불어 시대적 요구를 적극 수렴하는 '시대적 정체성' 을 지닌다. 주지하다시피 17대 국회는 개혁에 대한 국민적 갈망과 정치적 혐오로부터의 단절, 그리고 건강한 미래지향적 정치를 갖고

자 하는 국민과 시대적 염원을 안고 출발하였다.

이 시대적 정체성이라는 것은 결국에는 '개혁'이라는 단어로 수렴하게 되는데, 이는 결국 상실된 '선천적 정체성'을 찾아가는 지난한 투쟁과 피땀이 배어나는 과정에 다름 아니다. 역사가 우리에게 일깨워 주는 것은 어느 것 하나 쉽게 얻어지는 것은 없다는 것이다. 수십 년 동안 정략적 이해와 기득권을 지키기 위한 사회의 주류를 자처하는 세력들이 존재하기 때문이다.

과거의 허물을 핑계 삼아 현재 엄연히 존재하고 있는 정치적 상대방을 폄하하거나 무조건 싸워 이겨야 할 상대라고 몰아붙일 생각은 전혀 없다. 다만, 상생의 그늘에서 한여름의 폭염을 잠시 피할 수는 있지만, 스스로가 변하고자 하는 체질 개선을 하지 않는다면, 그늘이 걷힐 즈음 지나간 시간을 후회하지 않을는지 생각해 보아야 한다. 상대방의 실수와 잘못을 들춰내고 손가락질 하는 수준으로는 시대적 정체성은 물론이거니와 본연의 정체성을 찾는 것조차 힘들 것이며, 국민과 시대정신이 용납하지 않을 것이다.

올림픽이 한창이다. 인류가 스포츠에 열광하는 것은 엄격한 규칙과 심판이 존재하여 어느 팀이든지 공정한 실력을 겨룰 수 있기 때문이다. 아테네에서 전인류의 스포츠 제전인 올림픽과 전 세계민의 정치체제이자 이념이된 민주주의가 탄생하게 된 것은 우연의 일치가 아닌 듯 싶다. 우리나라 정치 문화의 발전은 공정한 규칙과 그 규칙을 지키려는 정치인들의 페어정신, 그리고 양비양시론으로 정치적 허무주의를 조장하는 것이 아니라, 시시비비를 심판해 내어 가려내는 혜안과 국민적 성숙함에 달려 있다 해도 과언이 아닐 것 같다.

이제 한여름의 폭염이 시들해질 때면 지난 한해의 국정을 되돌아보고, 새로운 한해의 국가운용의 틀을 논의하는 9월 정기국회와 국정감사가 돌아온다. 특히 일부 의원들에게는 국정감사에서 무엇인가 한 방 터뜨리고자 하는 의욕으로 과잉 충전되기 쉬운 시기이기도 하다. 그러나 이번만은 우리 국회와 동료의원들이 자신의 정체성을 찾아나가는 진지한 모색과 상호교감의 장이 되기를 간절히 기원해 본다.

절망을 희망으로

우리 국가와 국민이 나아가야 할 지향과 목표에서 아무리 힘이 들거나 어려워도, 혹은 바른 기득권 세대의 마지막 몸부림과 외부 침탈세력의 발호에도 경코 희망과 기대의 끈을 놓아서는 안 되는 12척의 배는 무엇입니까?

스물다섯
청년 광주

—제25주년 5·18 광주민주화운동을 맞이하며

🌼 스물다섯 빛고을 광주는
어느새 훌쩍 커버린 어엿한 청년이 되었습니다.

청년 광주, 그에겐 참기 힘든 고난의 시절도 있었습니다.
죽음보다 더 고통스럽고
짓이기는 고통보다 더 두려운
고립과 질식의 시대를 이겨내며 달려왔습니다.

그가 힘들고 외로운 시대를 고달프게 살아왔지만,
우리가 그에게 달려가 힘이 되어주기보다
오히려 그가 우리에게 넉넉한 힘이 되어주었습니다.

이 나라 민주주의와 인권이 군화발에, 그 후예들의

간교함에 짓밟히고 있을 때,
그는 우리에게 잃지 말아야 할 근본심(根本心)을
일깨워 주었습니다.
피로, 때로는 눈물로, 하얀 국화꽃으로 일깨워 주었습니다.

스물다섯 청년 광주는
시대를 바로 보고자 하는 정직한 시선이었습니다.
시대를 바로 바꾸고자 하는 정직한 몸짓이었습니다.

그리하여 청년 광주는
1987년 6월 민주 항쟁으로 넥타이와 신발 끈을 고쳐 매고
1997년 정권교체와 2002년 거대한 노란 물결로
상식과 원칙의 시대를 열어내었습니다.

청년 광주, 그 이름 앞에서는
너와 내가 있을 수 없습니다.

스물다섯 해를 한마음, 한뜻으로 살아온 그 이름 앞에서
너와 나의 차이를 이야기하는 것은
부끄러운 이기심에 불과합니다.

청년 광주는 기억에 아스라한 과거가 아니라
앞으로 우리와 함께 울고 웃으며 어깨 걸고
같이 갈 영원한 동반자입니다.

민주주의와 인권 그리고 평화와 개혁의 길을 함께 걸어왔듯이
참여와 분권 그리고 통일과 선진한국의 길도 함께 걸어갈
젊고 든든한 동반자입니다.

오월 그날의 함성이 귀에 쟁쟁거리는 오늘,
스물다섯 청년 광주를 꿈에서라도 마주친다면
와락 껴안고 싶습니다.

2005. 5. 18

불멸의 이순신,
절망을 희망으로 노래한 위대함

―460돌 충무공 탄신일을 맞이하여

‘신에겐 아직 12척의 배가 있습니다.(今臣戰船 尙有十二)'

오늘 우리에게 남은 12척의 배는 무엇입니까?
우리 국가와 국민이 나아가야 할 지향과 목표에서
아무리 힘이 들거나 어려워도, 혹은 낡은 기득권 세력의
마지막 몸부림과 외부 침략세력의 발호에도
결코 희망과 기대의 끈을 놓아서는 안 되는
12척의 배는 무엇입니까?

우리당은 충무공으로부터 배우고자 합니다.

그 첫째는 국민에 대한 신뢰입니다.
국민은 과거 위정자가 부른 국가 위기마다,

분연히 일어나 나라를 구했습니다.
충무공께서는 백성들에 대한 끝없는 신뢰와 책임감으로
나라를 지켜내었습니다.

둘째는 상식과 원칙이었습니다.
충무공에 대한 온갖 모략과 중상이 난무하였습니다.
당리당략에 사실을 왜곡하였습니다.
그러나 충무공의 상식과 합리적인 판단은 흔들리지 않았고,
소신은 굽힐 줄 몰랐습니다.
그리고 끝내 승리하는 것은 상식과 원칙이었습니다.

셋째는 백의종군 자세입니다.
자기를 과시하거나, 드러내 보이기 위한 화려함보다 백의종군도 마다 않는 '버릴 줄 아는 비범함'입니다. 부족하고 평범한 듯하지만, 시대의 흐름과 요구에 대한 부단한 성찰과 실력 연마를 통해 궁극적으로 추앙받게 된 것도 백의종군 자세 때문이었습니다.

오늘 충무공 탄신일을 맞이하여 4·30 재보선을 앞두고 격전을 치루고 있는 각 정당의 후보님들과 선거관계자님들께서 충무공이 460년이 지난 지금에도 '불멸의 이순신'으로 부활한 교훈을 되새기는 소중한 시간이 되기를 기대합니다.

2005. 4. 28

반일감정도
한류열풍인가?

―처절한 역사에 뿌리박은 속으로부터의 응어리

일본 언론들이
'중국의 반일시위는 한국이 촉발' 이라는 기사를 일제히 쏟아내었다.
일본발 망언 릴레이가
일본 언론에까지 이어진 것이다.

중국의 반일 감정은 어제오늘의 일이 아니다.
난징대학살, 반성 없는 군국주의,
끊임없는 주변국과 영토분쟁, 역사왜곡, 매춘관광 등
수없이 중국인의 자존심을 짓밟고 억누른 결과이다.

중국의 반일시위를 한국이 촉발시켰다는 주장은
일본 언론이 열도를 휘몰아친
한류열풍을 연상한 것은 아닌지 묻고 싶다.

한류열풍의 기세가 대단하긴 대단했는가 보다.

한국과 중국의 반일감정과 반일시위는
유행의 한류열풍이 아니라,
처절한 역사에 뿌리박은
속으로부터의 응어리라는 점을
명심해야 한다.

일본 언론의 기사는
자신들의 역사인식이 얼마나 일천하고
보잘것없는 것인지 그대로 보여줄 뿐이다.

2005. 4. 15

어린이날,
대한민국 새싹들과
약속합니다

― 우리 아이들이 모두 행복하길

오월의 신록이 더욱 싱그러운 것은
새싹들이 머금고 있는 희망 때문입니다.
우리 어린이들은 대한민국의 생명이며, 미래입니다.
우리가 가꾸고 보호해야 할 소중한 희망등이입니다.

어린이라면 누구나 자유롭게 꿈을 꿀 수 있고,
우리 사회는 그 꿈이 이루어질 수 있도록
건강하고 공정한 환경을 만들어야 합니다.

빈부의 차이나, 지역의 차이 등 사회적 불평등 때문에
어린이들의 꿈이 헝클어지거나, 부당한 차별을 받아서는 안됩니다.

그러나 우리 주변에는 급속한 가족 해체로 인해

도움을 필요로 하는 많은 어린이들이 있습니다.
어른들이 무책임하게 만들어 놓은 빈곤과 폭력 앞에
무기력하게 방치되어 있기도 합니다.

우리당은 어린이날의 의미를 되새겨,
어린이들의 꿈을 키우고 가꾸어 나가는
건강한 사회적 환경을 조성하고,
따뜻한 구호의 손길을 필요로 하는 아동들의
보호와 권리신장을 위해
사회안전망을 보다 촘촘하게 만들어 나가겠습니다.

날아가는 새처럼, 달리는 냇물처럼
오늘만큼은 우리 아이들이 모두 행복하길 바랍니다.

2005. 5. 5

당신에 대한
저의 사랑은
살아 있습니다

—어버이날에 부쳐

'당신에 대한 저의 사랑은 살아 있습니다.'
어버이날의 유래가 되었던 하얀색 카네이션의 꽃말입니다.

어버이의 은혜는 마치 공기나 물과 같아서
그 고마움을 깨닫는 데에 참 많은 시간이 걸립니다.

우리가 실패하거나 좌절하여도 항상 곁에서
다시 일어설 것을 믿어주고, 기다려 주고, 지켜봐 주시는 것은
그 어떤 사람들의 말 백 마디보다 든든하고 큰 힘이 됩니다.

우리당은 효(孝)의 사회적 책무를 다하도록 노력할 것입니다.
고령화사회를 맞이하여 고령 친화적 산업의 육성으로
노인 일자리를 확충하고 피부로 느낄 수 있는 노인복지정책을

발굴하고 추진하겠습니다.

그리고 무엇보다 효의 정신을 근간으로
세대 간, 가족 간 서로 존중하고 공경하는 분위기가 넘치는
따뜻한 사회가 되도록 노력하겠습니다.

우리당은 국민과 나라를 진심으로 섬기는 마음으로
효의 정치를 실천하는
국민의 효자, 효녀가 되겠습니다.

2005. 5. 8

언론인 여러분,
'전병헌 대변인' 이라고 써주십시오
— 곤혹스런 대변인 전성시대(田姓時代)

🌼 요즘 한나라당 전여옥 대변인 때문에 참 곤혹스럽습니다.

'대졸 대통령'을 주장한 이후 국민들의 비난과 우려가 전 대변인에게 쏟아지고 있습니다. 참으로 한심하고 어이없는 발상이 아닐 수 없습니다.

그런데 언론의 기사 중 본문 중에 '…전 대변인…'이라고 보도되는 것을 보면, 절로 가슴이 답답해집니다. 저 역시 '전 대변인'이라 불리는 터라 기분 끝 맛이 영 개운치 않습니다.

공교롭게도 한나라당 전여옥 대변인과 열린우리당 전병헌 대변인은 같은 성(姓)에 같은 본(本)입니다. 17대 국회에 유일하게 전(田)씨 성을 쓰는 두 명의 의원이 모두 양당의 대변인이기 때문입니다.

대변인 전성시대(田姓時代)? 가 곤혹스럽기만 합니다.

한나라당의 전여옥 대변인은 엘리트주의자임을 자처하고 대통령을 폄하하는 입장이라면 저 열린우리당 전병헌 대변인은 엘리트주의에 거부감을 갖고 있고 국민이 뽑은 대통령을 존중하는 것이 곧 국민을 존중하는 것이라 믿고 있습니다.

언론인 여러분.
저 전병헌 대변인이 바라옵기는 이제 한나라당 전 대변인을 지칭할 때 국민들에게 혼란을 줄 수 있는 '전 대변인' 이 아니라 '전여옥 대변인' 으로 그 이름 석 자 모두를 써주셨으면 합니다. 같은 '전 대변인' 으로 불리지만 갖고 있는 상식과 생각, 그리고 입장이 너무나 상이한 두 사람의 '전 대변인' 이 있기 때문입니다.

다른 기사나 인터넷 등에도 전 대변인이라는 약칭으로 인해 혼돈된다는 네티즌들의 댓글도 보아온 터라 여러 차례 망설이다 이번 기회에 이같은 글을 띄우게 되었습니다.

언론인 여러분에게 우리당의 입장을 보다 성실히 전달하는 대변인이 되도록 노력하겠습니다.

2005. 6. 4

원망스런 고춧가루

— '우리당 대변인 노릇하기 정말 힘들군요.'

참 힘들고 허탈하다. 청와대 만찬 결과를 놓고 '수습'과 '탈당'으로 양분된 신문 제목을 보면서 우리당의 자화상 같기도 하고 개인적으로는 대변인의 곤혹스러운 상황을 그대로 보여주는 것 같아 씁쓸하다.

'악화가 양화를 구축한다'는 그레샴의 법칙이 이번 청와대 만찬에서도 여지없이 적용되었다. 오늘 언론의 보도는 크게 두 가지로 나뉘었다. 대통령 탈당 언급을 중심으로 보도한 언론과 당·청 간의 이해와 수습으로 보도한 언론이다. 그러나 역시 대통령 탈당이라는 '악화'가 당·청 간의 이해와 수습이라는 '양화'를 구축했다.

하지만 누가 뭐라 해도 어제 청와대 만찬의 실체적 진실은 대변인으로서 밝힌 내용이 실체적 사실이며, '수습' 쪽으로 보도한 한겨레와 국민일보가 가장 정확하게 보도하고 있다.

대통령은 대연정 제안 과정에서 전략적 판단 실수로 우리당의 지지도에 상당히 부담이 되는 것 같아서 '부담을 덜어줘야 하나' 라는 탈당 고민을 한 적이 있다는 말을 했을 뿐이다. 이외에는 직접적으로 탈당의 '탈' 자조차 언급된 적이 없다.

양면성을 아우르는 대통령의 분석적 화법을 편협한 상상력에 근거해서 마치 탈당 쪽에 무게를 둔 것처럼 받아들이는 것은 개인적 주관일 수는 있으나 그것이 그날의 실체적 메시지가 아니었다는 것은 분명하다.

대통령께서 최종적으로 직접 정리하고 참석자 모두가 박수로 화답한 것만큼 더는 확실하고 진실한 것은 없는 것 아닌가.

나를 제외한 참석자 모든 분들은 열린우리당을 책임지는 지도부들이다. 그럼에도, 대통령께서 직접 표현하지 않은 부분들을 자의적이고 해당적으로 해석해서 일부 언론에 흘려준 결과가 오늘 아침 보도를 혼란스럽게 만든 것이라면 천 번 부당할 뿐 아니라 만 번도 부당하다고 생각한다. 심지어 일부 신문에는 '모든 참석자가 탈당을 만류했다.' 라는 전혀 일어나지도 않은 가상의 모습까지 덧붙여서 알려진 것에는 경악하지 않을 수 없다.

결과적으로 어느 누구인가 대통령의 말씀을 일방적으로 왜곡하고 확대 해석해서 당에 가장 도움이 되지 않는 방향으로 일부 언론에 흘려버린 셈이다. 당·청 관계는 물론 여권 전체의 심기일전에 고춧가루를 뿌린 격이다. 누구의 고춧가루인지는 모르겠지만 참으로 원망스럽다.

아, 정말 힘들고 괴롭다. 대통령께는 물론 만찬에 함께했던 청와대 관계자 여러분에게도 정말로 부끄럽다.

자해적, 해당적 언론플레이를 자주 연출하는 우리당에 출입하는 기자 여러분이 겪고 있는 취재 스트레스에도 심심한 유감(有感)과 위로의 마음을 전하고 싶다.

2006. 1. 12

대변인 소임을 마치며

―언론과 정치인은 창의적 동반자 관계 지향 바람직한 것

이제 내일이면 10개월 남짓 맡았던 열린우리당 대변인직을 마칩니다. 정쟁의 포연이 가시지 않은 정치 문화의 중심에 서서 여당 대변인 역할을 한다는 것이 얼마나 힘들고 고단한 것인지 새삼스럽게 깨달았습니다. 특히, 야당 대변인과는 달리 당과 정부, 청와대의 입장을 두루 고려하고 판단해서 전략적인 입장을 취해야 하는 자리이기 때문에 남모를 긴장을 늦출 수가 없었습니다.

'상생, 민생, 정책'을 우선하는 대변인이 되겠다던 첫 포부를 정쟁의 한복판에서 지켜내기엔 저의 부족함이 많았습니다. 낮은 당 지지율과 재보선에서의 연패, 당·정·청 간의 삐걱거림 속에서 집권정당의 입이 된다는 것은 요동치는 파도 위에서 등불을 켜는 것과도 같았습니다.

그래도 저의 부족함을 관심과 애정, 때론 질책으로 돌봐주신 언론인 여러분에게 머리 숙여 감사의 마음을 전합니다. 특히, 언론인 여러분들과 충분하진 못하지만 비교적 많은 고민과 함께 토론할 기회를 가졌던 것은 매우 의미 있고 보람 있는 일이었습니다. 이런 과정은 앞으로도 국민을 위한 정치, 또 정확한 정국 인식을 위해서도 저에게 큰 도움과 풍부한 자양분이 될 것이라 확신합니다.

언론인 여러분과의 대화와 토론을 통해서 외람되나마 제 나름의 언론관도 갖게 되었습니다.

언론과 정치인은 창의적 동반자 관계를 지향하는 것이 바람직한 것 같습니다. 서로 간의 긍정적 자극과 교류를 통해 정치의 품질을 높이고, 양질의 기사를 보도하는 상호발전의 관계를 의미합니다. 이러한 상호작용과 상승효과를 통해 궁극적으로는 대한민국 정치 문화의 수준을 한 단계 끌어올리는 협력과 공존의 노력이 필요하다는 생각을 해봅니다.

과거와 같은 권언유착은 이미 사라졌거니와, 취재원과 취재자 사이 같은 일방적 관계도 오래가지 못하기 때문입니다.

대변인은 구업(口業)을 쌓는 자리라고 합니다. 각박한 우리 정치 문화에서 누군가를 말로 공격하고, 말로 방어하는 자리이기 때문입니다.

각별히 특정인에 대한 논평은 가급적 인신공격이 되지 않도록 신중을 기했으나, 행여 마음의 상처를 받으신 분이 계신다면 물러나는 자리에서 다시 한번 너그러운 용서와 이해를 구합니다.

또한, 본의 아니게 누군가에게 상처를 주고, 정치 발전에 도움이 안 되는 구업(口業)을 쌓았다면 앞으로 더욱 심기일전하여 한국 정치 발전을 위해 견마지로(犬馬之勞)를 다하는 것으로 훌훌 털어버렸으면 좋겠습니다.

우리당의 새 대변인뿐 아니라 여·야 모든 대변인들께서도 정쟁의 소산으로 화석처럼 굳어진 '공격수' 대변인이 아니라, 우리 정치 문화의 곪은 상처에 돋아 오를 '새 살 같은' 대변인이 되어주시길 바라면서 물러납니다.

그동안 저를 믿어주시고 함께해 주셨던 당 지도부와 선배·동료 국회의원 여러분, 당직자를 비롯한 당원 동지 여러분, 특히 우리당 출입 언론인 여러분에게 다시 한번 깊은 감사의 마음을 전합니다.

2006. 2. 17

어머니와의 약속

4

만화에 탐닉하다가 중학교 1학년이 되던 해 겨울, 어머니와 한 가지 약속을 했다.

고교입시 공부를 해야 했으므로 다시는 만화를 보지 않겠다는……

어머니와의 약속을 지키지 못한 죄스러움과 다시는 같은 잘못을 되풀이하지 않겠노라, 어머니께 용서를 빌었다.

그리운 고향,
충남 삽다리

2003년 가을, 나는 오랜만에 가족들과 충남 예산을 찾았다. 그 당시 아들녀석은 중학교 3학년, 딸아이는 고등학교 3학년이 되었다. 한국 사회에서 고3 자녀를 둔 가족은 모두가 수험생이다. 아무래도 시험이 끝날 때까지 온 가족이 함께 나들이를 나선다는 게 쉽지 않을 듯싶었다.

나는 아이들에게 텅 빈 가을 들녘을 보여주고 싶었다. 텅 빈 들녘에서 찾아야 할 것이 있었다. 아이들은 설악산이나 내장산으로 단풍 구경을 가고 싶어했지만, 고맙게도 내 뜻을 따라주었다.

주말이라 고속도로는 많이 밀렸다. 그러나 그 막히는 길이 전혀 짜증스럽지 않았다. 내 마음은 이미 시골길을 걷고 있었으며, 그 길에서 나는 한없이 평화스러울 수 있었다.

시골 마을에 도착했을 때, 대부분의 농가들이 추수를 마친 뒤였다. 가을 햇살이 포근히 내려앉아 쉬고 있는 논에는 짚단 몇 개만이 군데 군데 자리를 잡고 있었다. 나는 차에서 내렸다. 내가 논에 들어가 한참 동안 나오지 않자 녀석들이 들어와 내 옆으로 다가왔다.

"아빠, 뭘 그렇게 열심히 주우세요?"

"어, 이게 말이다. 외할아버지, 그러니까 너희들 외증조부께서 내게 남겨주신 거란다."

어느새 키가 훌쩍 커버린 아들녀석이 그게 무슨 말이냐고 내게 눈빛으로 물어왔다.

나는 충남 홍성 구항에서 태어났다. 그리고 외가는 충남 예산 삽교에 있었다. 어려서 서울로 이사와 동작구 밤골에서 유년을 보냈지만, 방학 때면 항상 친가와 외가가 있는 충남으로 내려가 보름씩 머물다 오곤 했다. 당시 외가는 마을 사람들이 '농장집' 이라고 부를 만큼 크고 깨끗했다.

미루나무가 마치 울타리처럼 집 앞에 늘어서 있었고, 그 안쪽으로 수박과 참외밭이 펼쳐져 있었다. 밭 한가운데는 원두막이 오롯이 서서 작물들이 커가는 것을 지켜보고 있었다.

여름방학 때는 사촌들과 함께 밭에서 수박과 참외를 따 먹었다. 밤에는 모깃불을 피워놓고 외할머니 무릎을 베고 누워 별똥별이 떨어지길 기다렸다. 별똥별이 떨어질 때마다 나는 소원을 빌었고, 외할머니의 부채질과 옛날이야기는 끝나지 않았다.

겨울엔, 따뜻한 아랫목에 모여앉아 화로에 가래떡과 살조개(꼬막)를 구워먹었다. 사촌들과 밤이 새도록 도란도란 이야기를 나누고 있을 때면 외할머니는 밤참으로 물고구마와 동치미를 내오셨다. 물고구마는 외가에서만 맛볼 수 있는 것이었는데 물이 엄청 많았고, 밤고구마보다 달았다. 호박김치도 별미였다. 어렸을 때는 입이 짧다는 소리를 들을 정도로 입맛이 까다로웠으나, 시골에 가면 호박김치만 가지고도 밥 한 공기를 뚝딱 먹어치웠다.

외할머니는 두부도 직접 만들어 주셨다. 손이 얼마나 크셨던지 한번 만들면 몇 날 며칠을 두고 두부만 먹어도 남을 정도였다. 외할아버지는 그런 외할머니가 도통 마음에 들지 않으셨던 모양이었다. 외할아버지는 인색하리만큼 알뜰하셨다. 그 때문에 장이 서는 날에는 어김없이 두 분이 티격태격 다투셨다.

외가는 장터와 도로 하나 사이로 무척 가까웠다. 나는 장날의 북적거림이 좋았다. 마땅히 살 물건이 있는 것도 아닌데 파장이 될 때까지 장터를 돌아다녔다. 장터를 돌다가 허기가 지면 꿀 묻힌 가래떡과 갱엿을 즐겨 사먹었다. 여러 종류의 어리굴젓을 맛보는 것도 큰 즐거움이었다. 외할머니는 내 손을 잡고 장터를 돌아다니시다가 내가 맛본 어리굴젓 중 가장 맛있어 하는 걸 골라 사주셨다.

장이 서는 날에는 거지들도 많아졌다. 그리고 그 거지들은 으레 외갓집으로 몰려들었다. 외할머니는 그들에게 부침개와 김치와 남은 밥을 아낌없이 차려주셨다. 그런 외할머니의 행동이 외할아버지는 늘 마땅치 않으셨고, 장이 파하고도 두 분 사이의 냉랭한 분위기는 쉽게 녹지 않았다. 옆에서 가만히 지켜보던 나는 외할아버지의 인색함보다는 외할머니의 넉넉함이 좋았고, 외할아버지의 인색함은 좀스럽게까지 보였다.

그렇게 유년이 지나가고 고등학교 2학년 때였다. 나는 외할아버지의 생신을 맞아 가족과 함께 외가에 내려갔다. 가을걷이가 끝난 들녘은 텅 비어 있었다. 점심식사를 마치고 나서 외할아버지는 논에서 할 일이 남아 있으시다며 자전거를 타고 나가셨다. 이미 추수가 끝난 터라 할 일이 남아 있을 리 없었다. 삽교천 근처에 있는 논까지 가려면 자전거를 타고 30분은 나가야 했다. 나는 무슨 일이 있으시다는 것인지 궁금하기도 했고, 딱히 할 일도 없었던 터라 소화도 시킬 겸 외할아버지를 따라나섰다.

논에 도착한 외할아버지는 가을 햇살이 내려앉은 논바닥을 아주 천천히 거닐며 나락을 줍기 시작하셨다. 외할아버지는 마을에서 가장 큰 부자였다. 벼 한 알이 아쉬운 살림이 아니었거니와 한 줌도 안 되는 볍씨가 돈이 될 리 없었다. 외할아버지가 주우신 것은 나락이 아니라 당신이 흘리신 땀방울이었으며, 삶에 대란 사랑이었다. 나중에야 나는 외할머니의 후한 인심과 외할아버지의 인색함이 다르지 않다는 것도 알았다. 외할아버지는 외할머니와는 다른 방식으로 재산을 이웃과 나누고 계셨으며, 아껴야 더 나눌 수 있었다.

그 후 나는 어디 가서 밥을 먹더라도 밥풀 한 톨 떨어뜨리지 않도록 조심하게 되었다. 나락을 주우시던 외할아버지의 뒷모습은 내 삶에 적지 않은 영향을 미쳤다.

"얘들아, 외할아버지는 바로 이곳에서 떨어진 쌀알을 정성껏 주우셨단다. 외할아버지가 내게 보여주신 것은 단지 쌀 한 톨의 소중함이 아니었지…… 삶의 어느 한순간도, 시간이든, 감정이든, 만남이든 어느 하나 사소하게 넘기거나 헛되이 해서는 안 된다는 걸 말없이 보여주신 거란다."

나는 아이들의 어깨를 어루만지며 말했다. 아이들은 고개를 끄떡이더니 이내 떨어진 볍씨를 줍기 시작했다.

나를 그토록 아껴주시던 외할머니는 82세에 돌아가셨다. 장례식 때 많은 사람들이 문상을 왔는데 그 중에는 거지들도 꽤 많았다. 음식을 얻어먹으러 온 것이 아니었다. 그들은 외할머니 영전에 엎드린 채 눈물을 펑펑 쏟아내며 대성통곡하였다. 그리고 적지 않은 돈을 모아 부조까지 했다. 하늘이 참 맑은 날이었다.

외할머니가 돌아가시고 나서 2년 후에 외할아버지가 돌아가셨다. 그렇게 꼿꼿하시던 분이셨는데, 장례식 때에도 눈물 한번 보이지 않던 분이셨는데, 장례가 끝나고 나서 외할아버지는 한순간에 무너지셨다. 기가 푹 꺾이셔서 매일 외할머니 생각에 등을 돌리고 홀로 앉아 눈물만 지으시다가 어느 날 갑자기 외할머니 곁으로 떠나시고 말았다.

가을 햇살이 눈이 부셨다. 아이들과 함께 시골길을 거닐며 한나절을 보낸 후 서울로 차머리를 돌렸다. 내가 어렸을 적, 방학 끝 무렵에 장항선을 타고 서울로 올라올 때처럼 주체할 수 없는 허전함이 가슴 한쪽이 저미어 왔다. 기차역까지 배웅을 나오시던 외할머니와 외할아버지. 플랫폼에 서서 손을 흔들며 애써 서운함을 감추시던 두 분의 주름진 얼굴과 한동안 입에서 떨어지지 않던 충청도 사투리가 지금도 생생하기만 하다.

분단의 상처와 아버지의 복숭아

아버지는 철도 공무원이셨다. 사람들은 아버지를 두고 법 없이도 살 사람이라 했고, 외할머니는 부처님 가운데 토막이라고 말씀하시곤 했다. 어머니가 일이 있으셔서 집에 늦게 들어오실 때면 아버지가 직접 밥을 지어주셨다. 아버지의 김치찌개는 어머니가 끓여주시는 찌개보다 더 맛있었다. 자식 사랑이 극진하셨던 아버지는 내가 고등학생이 되었을 때도 밥을 같이 먹으면서 궁둥이를 두들겨 주셨고, 중학교 3학년인 여동생을 당신의 무릎에 앉혀놓고 뽀뽀를 할 정도로 귀여워하셨다. 집에 전화를 놓았을 때는 하루에도 몇 번씩 전화를 걸어 자식들의 안부를 묻곤 하셨다.

아버지는 술을 무척 좋아하셨다. 그런데 내가 고등학교 3학년이 되던 해에 갑자기 술을 끊으셨다. 그리고 일 년이 지난 어느 날 아침 아버지가 양치질을 하시다가 목이 이상하다고 하셨다. 가족들은 대수롭지 않게 여겼다. 아버지 역시 목을 삐끗한 것 같다며 그대로 출근을 하셨다. 그냥 평소와 마찬가지로 퇴근하고 돌아오신 아버지는 일찍 잠자리에 드셨다. 목을 잘 가누지 못하시는 건 여전하셨다.

그 새벽에 어머니가 나를 급히 깨웠다. 아버지의 한쪽 다리에 큰 고통이 온 것이다. 아버지는 그 고통을 참고 계셨지만 입에서는 신음소리가 새어나오고 있었다. 알 수 없는 공포가 엄습해 왔다. 새벽 내내 아버지의 다리를 주무르다가 아침에 명동 성모병원으로 달려갔다. 엑스레이를 찍어 보니 목 디스크도 아니었고 단순한 근육경련도 아니었다. 병원에서는 즉시 입원하라고 했다. 조직검사를 받아야 한다는 것이었다. 암일 수도 있다는 얘기였다.

당시 나는 대학 1학년이었고, 병원 밖으로는 흰 눈이 소복이 쌓여가던 12월이었다. 수술을 해야 했다. 치료를 위한 수술이 아니라 조직검사를 위한 수술이었는데 전신마취를 할 정도로 큰 수술이었다. 아버지는 완강하게 수술을 거부하셨다. 나름대로 무슨 생각이 있으셨던 듯하다. 나는 아버지를 설득했고 아버지는 수술대에 오르셨다.

수술 후 검사결과가 나오기까지 열흘이 걸렸다. 가족들에게 그 열흘은 십 년처럼 길었으며 피를 말리고 애간장을 녹이는 기간이었다. 아버지의 상태는 하루가 다르게 나빠지고 있었다. 부정적인 생각이 머리에서 떠나지 않았다. 열흘이 지난 뒤 결국 암으로 판명이 났다. 그것도 말기였다. 수술치료도 불가능한 상태였다. 사형 선고와 다를 바 없었다. 당시 아버지는 49세의 젊은 나이였다.

사형 선고였으나 그대로 포기할 수 없었던 가족들은 아버지를 경희의료원으로 옮기기로 했다. 수술이 불가능했기 때문에 방사선 치료를 받기 위해서였다. 문제는 진료기록이었다. 당시 대부분의 병원에서는 진료기록 일체를 외부로 유출시키지 않았다. 경희의료원으로 옮기면

아버지는 똑같은 검사를 다시 받아야 했다. 나는 담당 의사와 독대했다. 불합리한 제도에 항의했고, 환자 가족의 경제적 어려움과 환자의 고통을 호소했다. 과장은 진료기록을 꼭 돌려달라는 당부와 함께 수십 장의 엑스레이 필름을 내주었다.

병원 밖 명동 거리는 크리스마스 분위기로 들떠 있었다. 캐럴이 병실 유리창으로 들려왔다. 청춘 남녀들이 서로의 어깨를 감싸며 눈길을 거닐고 있을 때 나는 아버지의 병상에 앉아 끝을 알 수 없는 슬픔 속으로 침잠해 가고 있었다.

경희의료원으로 옮긴 지 한 달이 지난 어느 날 아침, 회진을 하던 의사가 아버지에게 정리하는 게 좋겠다고 말했다. 아버지가 나를 불러 놓고 말씀하셨다.

"우리 집에 벼락이 떨어졌구나. 홍성에 있는 선산까지 가지 말고 용인 공원묘지에 묻어라. 너희들이 오기에 홍성은 너무 멀다. 난 너희들을 자주 보고 싶구나."

억장이 무너져 내렸다. 눈물이 솟구쳤으나 아버지가 말씀을 끝내실 때까지 혀를 깨물며 참고 있었다. 병실 문을 열고 나와 울음을 쏟아냈다. 울고 또 울었으나 눈물은 멈추지 않았다. 앰뷸런스를 타고 집으로 올 때의 심정이란 이루 말할 수 없었다. 그래서 나는 중환자를 둔 가족들의 아픔을 뼛속 깊이 이해한다. 다큐멘터리 프로그램인 '병원 24시'를 볼 때도 그 상황이 피부에 와 닿는다.

아버지는 그 해 10월에 돌아가셨다. 병원에서는 이삼 일 버티기 힘들다고 했으나 집으로 모시고 나서 8개월을 더 사시다가 가셨다. 어머니와 할머니는 좋다는 약이란 약은 다 찾아다니셨다. 그 와중에 나는 대학 신문사 기자로 바쁘게 활동하고 있었고, 아침저녁으로 아르바이트를 했다. 어느 날 아버지가 나를 불렀다.

"나는 네가 보고 싶은데…… 너는 뭐가 그리 바쁜 것이냐?"

라고 물으셨다. 드릴 말씀이 없었다.

며칠 후, 나는 춘천 가는 기차에 올랐다. 춘천 어디에 암을 고치는 신비한 약수가 있다는 얘기를 들었다. 난생 처음 타는 경춘선 열차였다. 그날은 일요일이었고 단풍이 물들기 시작하는 가을이었다. 기차 안은 젊은 남녀로 가득 차 있었다. 삼삼오오 모여 앉아 통기타를 치고 게임을 즐기고 있었다. 그들의 경쾌한 웃음소리와 덜컹거리는 기차 소리가 뒤섞이고 그 속에 내 한숨 소리가 묻혔다.

기차에서 내려 다시 버스를 타고 들어가 약수를 떠가지고 집으로 돌아왔다. 출렁이는 약수만큼 가슴이 찢어지는 듯했다. 약수에는 철분이 많았다. 아버지는 맛이 없다시며 드시지 않았다. 나는 이 약수가 정말 특효약이라고 우겼다. 아버지가 웃으시며 말씀하셨다.

"내가 오늘은 버티기 힘들 것 같구나. 그래도 네가 떠온 약수이니 어디 한번 먹어 보자."

약수를 드시던 아버지는 평소보다 많이 좋아지신 모습이셨다. 병을 앓고 있는 사람처럼 느껴지지 않을 정도였다. 그러나 당신의 말씀처럼 그 다음날 눈을 감으셨다.

그 후 아버지는 내가 몸이 좋지 않을 때면 늘 현몽하셨다. 꿈속에서 아버지는 나를 꼭 끌어안아 주셨다. 평소의 느낌 그대로였다. 그렇게 꿈을 꾸고 나면 몸이 아주 개운해지면서 몸살기가 거짓말처럼 사라지곤 했다.

할머니는 아버지가 그런 몹쓸 병에 걸린 게 모두 전쟁 때문이라고 말씀하셨다. 6·25가 터졌을 당시 아버지는 성균관대 법대를 다니고 계셨다. 전쟁이 터져 홍성으로 피난을 와 있었는데, 그곳에서도 빨치

산은 극성이었다. 인민군이 철수할 무렵 빨치산들은 마을 젊은이들을 한 곳에 모두 모았다. 그리고 죽창으로 난도질을 해댔다. 아버지는 죽창에 질려 얼굴이 찢어지고 몽둥이로 온몸을 두들겨 맞은 뒤 큰 구덩이에 버려졌다.

아버지는 외아들이셨다. 밖에 나간 아들이 돌아오지 않자 할머니는 아버지를 찾아 나섰다. 그리고 시체 더미 속에서 아버지를 발견하셨다. 이미 숨이 끊어진 듯 보였다. 집으로 데리고 와 똥물을 먹이고 홍성 도립병원으로 옮겼다. 의사들조차 깨어나기 힘들다고 했으나 아버지는 기적처럼 꼭 한 달 만에 깨어나셨다.

아버지가 암으로 돌아가시기 전, 용하다는 한의사가 아버지를 진맥했다. 한의사는 오래 전에 심하게 얻어맞은 적이 있을 것이고 그때 어혈을 제대로 풀지 못해서 생긴 병이라고 말했다. 아버지는 홍성 도립병원에서 기적처럼 일어나셨으나 끝내 그 후유증을 극복하지는 못하신 것이다. 분단의 후유증이 이렇게까지 아픔으로 남으리라고 누가 상상이나 했겠는가.

나는 복숭아 한 봉지를 샀다. 내가 어렸을 때, 늦은 밤 귀가하시던 아버지의 손에는 늘 봉지가 들려 있었고 그 안에는 주로 복숭아가 들어 있었다. 복숭아를 볼 때마다 나는 아버지의 체온을 느낀다. 한 손에 복숭아를 들고 한 손으로 내 궁둥이를 두드리시던 아버지의 손길.

나는 지금 한 손에 복숭아를 들고 내 아버지와 똑같이 아들녀석의 궁둥이를 두드린다. 문을 열어주는 큰 딸의 볼에 입을 맞춘다. 내 아버지가 그리하셨던 것처럼.

내가 글을 조금 읽는 걸 아신 아버님이 '그놈 참 기특도 하다.' 하시며 어느 날 『의사 까불이』라는 만화책을 사다주셨다. 의사가 된 천재 소년이 까불거리면서 좌충우돌하는 내용이었다. 까불이는 병도 잘 고칠뿐더러 언제나 명랑한 모습으로 기지와 재치를 발휘해 여러 문제를 해결해 나갔다. 지금 생각해 보면 난관을 극복하는 방식을 그때 배운 것 같다. 나는 그 만화책의 겉표지가 너덜너덜해질 정도로 읽고 또 읽으면서 한글을 확실히 익혔다. 그리고 그 당시 대단한 인기를 누렸던 『동물 전쟁』을 시작으로 초등학교 입학 전부터 여러 만화를 보게 되었다.

그렇게 만화에 탐닉하다가 중학교 1학년이 되던 해 겨울, 어머니와 한 가지 약속을 했다. 고교입시 공부를 해야 했으므로 다시는 만화를 보지 않겠다는…… 그리고 나는 약속대로 만화에는 손을 대지 않았다.

겨울이 가고 봄이 왔다. 4월 말경이었다. 학업을 마치고 집에 오는 길에 하늘이 꾸물꾸물하더니 갑자기 비가 쏟아지기 시작했다. 빗방울이 굵었다. 나는 가방을 머리에 이고 비를 피해 달리다가 도저히 안 되겠다 싶어 처마 밑으로 들어섰는데 그곳이 하필이면 만화가게였다. 유리문에 부쳐져 있는 만화책 표지가 자꾸만 눈길을 끌었고, 비는 쉽게 그칠 것 같지 않았다. 나는 몇 번을 망설이다가 비가 그칠 때까지만 안에서 기다리자는 생각으로 만화가게 문을 열고 들어갔다.

만화가게 안에서는 따끈한 어묵과 너무 맵지 않은 떡볶이를 팔았다. 나의 손은 어느새 떡볶이를 받아들고, 한 손으로는 만화책을 넘기고 있었다. 시간이 얼마나 지났을까. 밖을 보니 비는 어느새 그쳐 있었다. 나는 황급히 일어나 집으로 달려왔다.

문을 열어주시던 어머니가 걱정스러운 얼굴로 어디 갔다가 이제야 들어오냐고 물으셨다. 나는 거짓말을 했다. 비가 와서 친구 우산을 빌

어머니와의 약속

 며칠 전, 내가 맡고 있는 〈열린정책포럼〉홈페이지 제작팀에서 재미있는 그림을 가지고 왔다. 내 얼굴을 캐리커처한 말하자면 한 컷의 만화였다. 그 그림을 보자 불현듯 어릴 적 기억이 떠올라 웃음이 나왔다.

 나는 같은 또래에 비해 한글을 일찍 깨쳤다. 지금이야 다들 조기교육으로 한글은 물론 영어까지 읽고 쓰기는 하지만 내가 초등학생이었던 1960년대만 해도 입학 전에 한글을 읽는 아이들은 흔치 않았다. 나는 누구에게 특별히 글을 배운 건 아니었다.

 서울 동작구 밤골에 살 때 먼 친척뻘인 미자 누나가 집안일을 돌봐주고 있었다. 그때 미자 누나는 야학에 다녔는데, 집에 돌아와서도 늦게까지 공부를 했다. 나는 누나가 글을 배우는 것을 어깨 너머로 보면서 한글을 배웠다.

려 쓰고 친구 집에 갔다가 왔노라고. 어머니는 알았다시며 더는 묻지 않으셨다.

그날 어머니는 감기에 걸리셨다. 비가 오자 우산을 들고 학교까지 오셨다가 나를 만나지 못하자, 내가 늘 다니는 길목에서 오랫동안 서성이셨던 모양이다. 우산으로 막아내지 못한 빗방울이 어머니의 몸을 적시고 있을 때, 나는 만화가게에서 떡볶이와 따끈한 어묵을 먹으며 만화책을 보고 있었던 것이다. 그 사실이 내내 내 마음을 억누르고 있었다.

며칠이 지나서 어버이날 기념 백일장이 열렸다. 나는 백일장에 나가 얼마 전에 있었던 일을 글로 썼다. 어머니와의 약속을 지키지 못한 죄스러움과 다시는 같은 잘못을 되풀이하지 않겠노라, 어머니께 용서를 빌었다. 그리고 그 글로 우수상을 받았다.

나는 내가 쓴 글과 상장과 상품을 들고 와서 어머니께 드렸다. 그리고 그날 있었던 사실을 솔직히 말씀 드렸다. 어머니는 웃으시며,

"네가 뉘우쳤으니 그것으로 되었다."

어머니는 내가 거짓말을 했다는 걸 처음부터 알고 계셨던 것이다. 그 후 다시는 만화를 보지 않았다.

만화는 나에게 한글을 가르쳐 주었고, 어머니의 깊은 사랑을 깨닫게 해 주었다. 그리고 수십 년의 세월을 훌쩍 뛰어넘어 지금 내 앞에 내 얼굴이 만화로 그려져 나를 바라보고 있는 것이다. 나는 만화로 그려진 나에게 손을 내밀어 악수라도 청하고 싶어졌다.

나의 첫 사랑,
노란 파카를 입은 여학생

🌿 서울에 첫눈이 내렸다. 첫눈 치고는 꽤 많은 양이었다. 길거리로 몰려나온 아이들이 꼬마 눈사람을 만들고 패를 갈라 눈싸움을 벌이고 있었다. 문뜩 첫사랑의 기억이 떠올랐다. 외투 주머니에 손을 넣은채 핸드폰을 만지작거렸다. 그녀에게 전화를 할까 말까 망설였다. 그녀에게 처음 말을 걸었을 때도 이렇게 눈이 내렸었다.

내가 첫사랑의 여인을 만난 건 1979년이었다. 그 당시 나는 늙으신 친할머니와 1년 전 홀로 되신 어머니를 모시고 방배동 무지개아파트에 살고 있었다. 여동생이 한 집에 있었고, 두 살 아래인 남동생은 군대에 있었다. 장남인 내가 실질적인 가장이었다. 그때가 대학 3학년 때였다.

9월 초쯤 되었을 것이다. 해병대에 입대한 동생이 첫 휴가를 나왔다. 나는 동생을 역에서 만나 함께 버스를 타고 집으로 가고 있었다. 버스

안은 한산했다. 나는 동생의 군 생활 이야기를 흥미진진하게 듣고 있었다. 아직 군대에 가지 않은 나로서는 동생의 모든 이야기들이 그저 신기할 뿐이었다.

한참 동생의 이야기에 푹 빠져 있는데 어느 정류장에선가 한 여학생이 버스에 올랐다. 여학생은 노란색 파카를 입고 있었다. 그 여학생을 보는 순간 동생의 이야기가 더 이상 귀에 들어오지 않았다. 나의 신경은 온통 여학생에게 쏠려 있었다.

나는 대학 내내 미팅이라는 것을 거의 하지 않았다. 피할 수 없는 자리에 몇 번 나가기는 했지만 나갈 때마다 영 신통치 않았다. 쟤만 안 걸렸으면 좋겠다고 생각한 사람하고만 꼭 파트너가 되었다. 물론 상대방도 나와 같은 생각을 했었는지는 모른다. 내가 미팅에 나가지 않은 건 ―아니 못 나갔다는 표현이 옳을 것이다― 미팅에 재미를 느끼지 못한 탓도 있지만 그보다는 시간이 없었다. 아침저녁으로 아르바이트를 해야 했고, 또 학교 신문사 기자였으므로 강의에 들어갈 시간조차 없었다. 하여, 여자 친구라는 단어는 내 사고와 생활에 끼어들 틈이 없었다.

그런데 노란 파카를 입은 여학생을 보는 순간 어떤 강렬한 느낌이 전해져 왔다. 옆에 동생이 없었더라면 당장에라도 다가가 말을 붙였을 것이다. 형 체면에 동생 앞에서 수작을 부릴 수는 없는 노릇이었다. 나는 아쉬워만 하고 있었다. 그런데 버스가 집 앞 정류장에 멈춰 서서 내가 내리려고 했을 때 뜻밖에도 여학생이 그곳에서 먼저 내리는 것이 아닌가. 나는 버스에서 내려 계속 되는 동생의 군대 이야기를 건성으로 들으며 여학생을 따라갔다. 따라간 것이 아니라 우리 집으로 향하고 있었는데 방향이 같았다.

조금 앞서 가던 그 여학생은 바로 우리 아파트 입구로 들어서더니 엘리베이터 앞에 멈춰 섰다. 우리는 같은 엘리베이터를 탔다. 숨을 쉴수가 없었고 현기증마저 일 지경이었다. 나는 4층 버튼을 눌렀고, 여학생은 7층 버튼을 눌렀다. 두 개 동이 한 엘리베이터를 쓰고 있었으므로 어느 동인지는 확신할 수 없었다. 곁눈으로 힐끗 보니 여학생은 두꺼운 책 한 권을 팔짱에 끼고 있었는데 건국대학교 출판부에서 나온 생화학 책이었다. 건국대학교 생화학이라는 단어가 뇌리에 박혔다.

나는 속으로 쾌재를 부르며 다음에 다시 만나면 꼭 말을 붙여야겠다고 생각했다. 그 후 나는 집을 오가면서 항상 7층 베란다를 바라보았다. 혹시 빨래 건조대에 노란 파카가 걸려 있지 않을까, 그러면 그 여학생이 몇 동 몇 호에 사는지 알 수 있을 텐데…… 그러나 며칠이 지나도 노란 파카는 베란다에 나오지 않았다.

나는 좀 더 적극적인 방법을 찾기로 했다. 단짝 친구, 정순평에게 도움을 청했다. 우리는 어설픈 작전을 짜서 강의도 빼먹은 채, 아침 일찍 건국대학교를 찾아갔다. 우연을 가장한 필연을 만들자는 게 우리의 계획이었다. 먼저 구내서점에 들렀다. 생화학 책이 어느 학과에서 교재로 쓰이는지 탐문했다. 그리고 그 학과 건물 앞에 가서 무작정 서성이기 시작했다. 분명히 여학생은 노란 파카를 입고 이 앞으로 나올 것이고, 나는 그녀에게 다가가 '저기 혹시 방배동 무지개아파트 살지 않나요? 저도 거기 사는데요. 정말 대단한 인연이네요.' 어쩌고 하면서 자연스럽게 접근할 생각이었다.

그러나 오전이 지나고 점심이 지날 때까지 여학생은 나타나지 않았다. 그날 따라 가을바람은 참으로 차가웠다. 친구녀석은 옆에서 배고프다며 계속 투덜거렸다. 끝내 여학생은 나타나지 않았고, 우리는 결국 저녁이 돼서야 참담한 얼굴로 철수해야 했다.

그녀에 대한 기억이 조금씩 지워져 갈쯤 10·26 사태가 일어났다. 학교에는 휴교령이 내려졌다. 나는 심란한 마음으로 집에 있었다. 어느 날 잠시 밖에 나갔다가 집으로 돌아오는 길이었다. 아파트 복도에서 한 아주머니가 아이와 놀고 있었다. 돌이 갓 지난 아이였다. 내가 아이에게 눈웃음을 짓고 현관문을 여는데, 아이가 우리 집 안으로 쑥 들어갔다. 아이의 엄마는 깜짝 놀라 어서 나오라고 소리쳤다. 나는 괜찮다고, 그냥 놔두라고 했다. 원채 아이를 좋아하는 터라 문제될 게 없었다.

아이는 우리 옆집에 사는 최혁이라는 아이였다. 그 후 나는 혁이와 자주 놀았다. 아줌마는 좋아했다. 애를 잘 봐주는데 싫어할 까닭이 없었다. 혁이도 나를 잘 따랐다. 그런데 어느 날 나는 여느 때와 마찬가지로 혁이를 데리고 놀이터에서 놀고 있었다. 그런데 그때 마침 노란 파카를 입은 여학생이 놀이터 앞을 지나가는 것이 아닌가. 정말 눈앞이 노래질 지경이었다. 처음 봤을 때는 동생이 옆에 있더니, 이번엔 돌이 갓 지난 꼬마녀석이 내 발목을 잡고 있었다. 아이를 내팽개치고 여학생에게 달려갈 수는 없는 노릇이었다.

그때 나는 생각했다. 한번만 더 우연히 만나게 된다면 우리는 결혼할 운명일 것이라고……

세상은 여전히 어수선했고, 어수선한 세상과는 상관없이 계절은 어김없이 바뀌 나갔다. 12월 23일이었다. 그날 나는 마지막 리포트를 제출하기 위해 그 전날 밤을 꼬박 새고 아침을 맞았다. 그 밤에 폭설이 내렸다. 온 세상을 눈으로 덮어버리고 말겠다는 기세로 밤새 퍼붓던 눈이 아침이 되자 거짓말처럼 그쳤다. 창밖을 보니 구름 사이로 해가 반짝 나왔다.

나는 가방을 챙겨 집을 나왔다. 그런데 아파트 현관에 이르렀을 때 희한하게도 다시 눈이 쏟아지기 시작했다. 그냥 맞고 갈까도 생각했으나 그러기에는 눈이 너무 많이 내렸다. '에이, 일이 학년도 아니고, 눈 맞아 봐야 몸만 축축하지 뭐.' 하는 생각을 하며 다시 집으로 올라가 우산을 가지고 나왔다. 마침 엘리베이터가 위층으로 올라가고 있으므로 나는 계단으로 걸어 내려왔다. 아파트 현관에 이르렀을 때, 엘리베이터 문이 열리고 그 안에서 노란 파카를 입은 여학생이 쑥 나오고 있었다.

순간적으로 숨이 멎으면서 가슴이 철렁했다. 심장이 콩당콩당 뛰기 시작했다. 어떻게 하지? 그 짧은 시간 동안 수없이 많은 생각이 스치고 지나갔다. 정류장까지 모르는 척하고 가다가 여학생이 타는 버스를 타고 무조건 끝까지 따라가서 기회를 엿보아야겠다고 결정했다. 내가 우산을 쓰고 가려는데 여학생이 선뜻 나서지 못하고 멈칫거렸다. 우산이 없었던 것이다.

나는 엉겁결에 우산을 같이 쓰지 않겠냐고 말했다. 여학생은 그러마 했고, 버스 정류장까지 걸어가면서 자연스럽게 이야기를 주고받았다. 나는 먼저 몇 동 몇 호에 사는지부터 확인했다. 여학생은 옆동에 살았다. 같은 버스를 타고 가다가 버스를 내리기 전, 저녁식사를 같이하지 않겠냐고 제안했다. 여학생은 좋다고 말했다. 나는 전화번호를 묻지 않았다. 그 대신 몇 날 몇 시에 인터폰을 할 테니 본인이 받으라고 했다. 같은 아파트에 산다는 연대감을 주기 위해서였다.

그렇게 해서 우리는 자연스럽게 만나게 되었다. 나중에 알고 보니 그녀는 건국대학교가 아니라 한양대학교에 다니고 있었다. 사실을 알고 나서 그녀와 나는 오랫동안 웃었다. 만남은 이루어졌으나 우리는 자주 만나지 못했다. 내 학교생활은 여전히 바빴으며 아르바이트 또한 계속 해야 했다. 우리는 기껏해야 한 달에 한두 번 만나는 정도였다.

한 해가 다시 가고 나는 학사 장교로 군에 입대하게 되었다. 입대를 하여 그녀에게 자주 편지를 했다. 어느 날 낯선 편지를 먼저 받아 본 그녀의 부모님이 누구냐고 추궁했다. 나에 대해 대충 얘기를 들은 그녀의 부모님은 당장 헤어지라며 노발대발했다. 내가 홀어머니에 장남인데다 그것도 모자라 홀 할머니까지 모시고 산다는 것이 반대의 이유였다. 더 이상 볼 것도 없다는 얘기였다.

그녀가 부모님의 심한 반대로 스트레스를 받고 있을 때 나는 광주 보병학교에서 고된 훈련을 받고 있었으며, 1주일에 한번 나가는 외박에도 그녀를 만날 시간이 없었다. 몇 다리 건너 알고 지내던 사람이 선친의 퇴직금을 가로챈 것이다. 나는 외박이 허용되는 주말마다 그 사람을 만나서 협박도 하고 설득도 하고 사정을 이야기하기도 했지만 일은 쉽게 풀리지 않았다. 6개월 내내 나는 주말마다 그 사람을 쫓아다녀야만 했다.

어느 날 외박을 나왔을 때 그녀를 잠깐 만났다. 그녀는 짜증을 냈다. 집에서는 반대가 심하다는 얘기를 했고, 자신도 버티기가 힘들다고 했다. 당시 나는 패기만만했다. 나는 그녀에게 말했다.

"네가 나에 대한 확신이 그렇게 약하다면 일찌감치 헤어지는 것이 낫겠다. 네 편한 데로 해라."

그렇게 그녀와 정리를 하고 나는 광주로 내려왔다. 내가 장남이라는 것과 홀어머니를 모시는 것이 단점이 될 수 없었다. 그 때문에 결혼상대로 부적절하다는 말을 받아들일 수 없었다. 나에 대한 믿음이 약한 사람이라면 하루라도 빨리 헤어지는 것이 낫다고 판단했다. 나는 오만할 정도로 자신감에 넘쳤으며 열정으로 가득 찬 때였다. 절교 선언을 하고 부대로 복귀하면서 마음은 몹시 쓰라리기는 했지만 비참하다는 식의 생각은 하지 않았다.

그 일이 있은 뒤 1주일이 지난 토요일 오전에 중대장이 불렀다. 내무 검사를 받지 않아도 좋으니 지금 당장 외출 준비를 해서 면회실로 가라는 거였다. 무슨 일인가 싶어 면회실로 가 보니 그녀가 와 있었다. 그녀의 아버지가 당시 광주 전투교육사령부에서 근무하고 있었는데 아는 사람을 통해 일찍 면회를 시키라고 한 모양이었다. 그녀는 커다란 상자 두 개를 가지고 왔다. 상자 안에는 과자와 케이크, 사탕 등이 가득 들어 있었다.

"엄마가 갖다주라고 하셨어."

그녀는 울었다. 나는 상자를 내무반에 보낸 뒤 그녀와 함께 서울로 올라왔다. 올라오는 차 안에서 그녀는 울면서 내게 말했다. 어떻게 그렇게 쉽게 헤어지자고 말할 수 있느냐고. 나에 대한 사랑이 그 정도밖에 안 되느냐고. 나는 대답했다. '사랑은 믿음으로 지켜가는 것이다. 믿음이 약한 사랑은 쉽게 깨질 수밖에 없다. 더 큰 상처가 되기 전에 헤어지는 것이 낫다고 생각했다.' 라고. 그녀는 부모님이 우리의 만남을 승낙하셨다고 말했다.

그녀의 부모님이 마음을 돌리게 된 결정적인 계기는 내가 자주 돌보아 주었던 혁이 때문이었다. 그녀가 나와 헤어지고 나서 며칠 동안 울고불고 난리를 치자, 옆집에 살던 그녀의 이모가 어떤 사람인지 알아나 보자며 진화에 나섰다. 이모는 아래층 아주머니와 친했고 그 아주머니는 혁이 어머니와 친한 사이였다. 그녀의 이모는 내가 우리 동에서 평판이 아주 좋은 청년이라는 걸 알게 되었고, 그녀의 어머니는 그 말에 마음을 돌리셨다. 그리고 제대 후 우리는 약혼을 했고, 지금은 나의 가장 사랑스러운 아내가 되어 있다.

내가 군대에 있을 때, 아내는 졸업을 했다. 그리고 내가 정치를 하려는 것을 알고 내조를 위해 다시 대학에 들어갔다. 편입 시험을 봐서 고려대 사범대와 덕성여대 약대에 붙었다. 아내가 어디에 갔으면 좋겠냐고 물었다. 나는 고대를 좋아했고 교사직을 좋아했으므로 고려대 사범대를 권했다. 아내는 내 뜻에 따랐다.

결혼하고 나서야 알게 되었는데, 아내는 내 강남초등학교 2년 후배였다. 두 살 아래인 남동생 앨범을 펼쳐보니 정말 아내의 사진이 있었다. 아내는 상도여중을 나왔고, 나는 영등포중학교를 나왔다. 우리는 앨범을 들여다보며 정말 동작구와 깊은 인연이 있다 싶어 한참 웃었다.

우리의 만남은 쏟아지는 눈 속에서 이루어졌다. 하늘이 맺어준 인연이라고 생각한다. 그때처럼 서울 하늘에 첫눈이 내리고 있다. 나는 오랜만에 첫사랑의 여인과 단 둘이 있고 싶었다. 아내에게 전화를 했다. 예전에 우리가 처음 만났던 그곳, 방배동 무지개아파트 앞 버스 정류장으로 나오라고……

눈 속에서 피어난 우정

🌼 아내와 오붓하게 외식을 하고 첫눈을 맞으며 돌아오는 길이었다. 집 앞 공터에서 나는 장난 삼아 눈을 뭉쳐 던졌다. 아내도 질세라 나에게 눈을 던졌다. 몇 차례 눈덩이를 주고받았는데, 내가 던진 눈덩이가 그만 아내의 얼굴에 정통으로 맞았다. 아내는 화가 난 표정으로 내게 사정없이 눈을 뭉쳐 던지기 시작했다. 내가 여섯 살 때 동네 아이들과 눈싸움을 하다가 그 싸움이 엄마들의 싸움으로까지 번진 일이 떠올랐다.

서울시 동작구 밤골에서 살던 때였다. 눈이 참으로 많이 내리던 어느 겨울날, 나는 동네 친구들과 함께 커다란 눈사람을 만들었다. 눈덩이를 굴려 내려가다가 아랫동네 아이들과 부딪혔다. 윗동네에 살던 나는 아랫동네 아이들과 누구의 눈사람이 더 크니, 누가 더 잘 만들었느니 하며 옥신각신하다가 눈싸움을 시작했다. 진지를 구축하고 한쪽에선 눈을 뭉치고 그 중 팔 힘이 좋은 녀석들이 주로 공격을 했다. 상대편이 던진 눈을 주워서 다시 던지기도 했다.

그러다가 한쪽에서 진짜 싸움이 벌어졌다. 감정이 격해진 아이들이 서로 엉켜 눈 위를 뒹굴었다. 반칙을 했다는 것이었다. 누군가 우리 진영으로 몰래 넘어와 미리 뭉쳐놓은 눈탄알을 훔쳐간 모양이었다. 나는 싸움을 말리려 그쪽으로 달려갔으나 아이들의 격한 감정은 수그러들지 않았다. 눈사람의 크기를 두고 시작한 싸움은 눈싸움에서 패싸움까지 번졌다가, 대장끼리 일대 일로 맞붙어 최종 승패를 가르는 것으로 진행되었다.

우리 동네에서는 내가 대장이었다. 아랫동네에서는 이석주란 녀석이 나왔다. 이석주는 나보다 덩치가 훨씬 컸다. 두 주먹을 불끈 쥔 나와 이석주가 마주 섰다. 어린아이들의 주먹싸움이라는 게, 기술이나 힘으로 하는 것이 아니어서 덩치가 조금이라도 큰 사람이 이기기 마련이다. 나는 나보다 키가 큰 녀석 앞에서 조금 위축이 되는 게 사실이었다. 그렇다고 그냥 물러설 수는 없는 일이었다. 나는 이빨을 악물고 덤벼들었다. 주먹과 발길질이 여러 차례 오고가고 눈밭 위를 뒹굴고 또 뒹굴었으나 싸움은 쉽게 끝나지 않았다. 한참 후에 녀석의 한쪽 코에서 코피가 난 후에야 내가 이긴 것으로 판정승이 났다.

윗동네와 아랫동네의 싸움은 그것으로 끝이 나는 것처럼 보였다. 그러나 우리의 눈싸움은 엄마들의 싸움으로 다시 번졌다. 이석주 어머니와 내 어머니가 다시 만나셨다. 심하게 말다툼을 하시는가 싶었는데, 두 분은 어느새 웃고 계셨다.

그 후 두 분은 친해지셨고, 석주 어머니의 권유로 나는 성결구락부(지금의 상도 성결교회 유치원)에 들어갔다. 그곳에는 이미 석주가 다니고 있었다. 우리는 아주 친해져서 석영이란 친구와 함께 삼총사가 되었다. 우리는 '어깨동무 개동무 미나리 밭에 앉았다' 라는 노래를 부르며 늘 같이 다녔다. 공부를 잘하는 사람에게 주는 별도 우리가 가장 많이 받았다.

그렇게 봄은 가고 가을이 왔다. 그 가을에는 나는 신장염에 걸려서 매일 병원에 다녀야 했다. 더 이상 구락부에 나갈 수 없었다. 구락부에 나가는 마지막 날, 나는 작별 인사를 하기 위해 어머니의 손을 잡고 구락부에 갔다. 평소보다 늦은 시각이었다. 아이들은 음악에 맞추어 국민보건체조를 하고 있었다. 눈물이 나왔다. 그때는 왜 내 눈에서 눈물이 나는지 알 수 없었다. 친구들도 때 묻은 소매로 눈가를 훔치고 있었다. 그 시절에 나는 처음으로 우정이라는 것이 무엇인지 알았다. 그때를 생각하면 지금도 가슴이 짠해 온다.

그 후 나는 석주와 석영을 강남초등학교에서 다시 만나기는 했으나 한번도 같은 반이 되지 못했다. 그런 탓에 우리는 유치원 시절에 가졌던 우정을 다시 나눌 기회는 갖지 못했다. 그러나 내 마음에 처음으로 새겨진 우정은 전혀 색이 바라지 않은 채 지금도 선명하게 남아 있다.

이상국 건설을 위한 꿈

나는 가끔 생각한다. 만일 내가 정치의 꿈을 키우지 않았다면 지금쯤 무엇을 하고 있을까 하고. 아마도 신경정신과 의사가 되었거나 초등학교 선생님이 되었을 것이다.

나는 아이들을 무척 좋아한다. 아이들과 함께 평생을 보낼 수 있다는 것은 분명 보람되고 즐거운 일이다. 학교의 중요성은 두말할 필요도 없다. 특히 초등학교는 정신적, 육체적으로 자아가 눈뜨기 시작하는 때이며 평생을 지키고 가야 할 꿈을 키워나가는 시기이기도 하다. 그러기에 교사의 역할은 너무나도 중요하다. 중요한 만큼 나는 그 일에 매력을 느낀다.

내가 정치의 꿈을 키운 시기도 초등학교 5학년 때였다. 그 전까지는 꿈이 많이 바뀌었다. 장군, 화가, 레슬링 선수, 의사 등 숱하게 변했다. 그러던 어느 반공도덕 시간이었다. 나는 그때까지 빨갱이들은 정말 얼

정치가의 꿈을 처음 가졌던
초등학교 5학년 때
인천 자유공원으로 소풍을 갔다.
맥아더 장군이 마치 급우인 듯
사진에 찍혔다.

굴이 빨간 줄로만 알았으며, 그 사실을 심각하게 의심하지 않았다. 그런데 책을 읽다가 돼지 형상의 괴뢰군이 채찍을 휘두르는 장면을 보면서 문득 이런 생각이 들었다.

'북한 주민들은 정말 평생 동안 매만 맞으면서 허리 한번 못 펴고 일만 하다가 아오지 탄광에서 죽어가는 것일까?

당시 내가 꾸는 악몽 중에서 가장 무서운 꿈은 전쟁이 일어나는 꿈이었다. 소련군, 중공군, 괴뢰군이 쳐들어와서 제2의 6·25가 일어나고 피난을 가다가 부모님을 잃어버리는 꿈, 공산주의에 대한 두려움은 대단히 컸다. '공산당이 싫어요.'라고 외치다가 입이 찢긴 이승복 사건은 그런 두려움을 가중시키기에 충분했다.

정말 이해할 수 없는 일이었다. 공산주의는 나쁜 나라고 민주주의는 좋은 나라인데, 어째서 나쁜 나라가 더 강한가. 민주주의의 최강대국은 미국이었고, 미국과 대적할 만한 공산주의 국가는 하나가 아니라 소련과 중국 둘이었다. 두 나라는 미국 이상으로 강했다. 생각은 꼬리를 물었다.

북한 주민은 어떻게 그런 체제하에서 살아갈 수 있을까. 평생 핍박받으면서 짐승처럼 살아갈 수 있을까. 왜 봉기가 일어나지 않을까. 과거 역사를 봐도 왕이 정치를 잘못하면 민중 봉기가 일어나는데, 북한 주민들은 왜 가만히 있는가.

당시 내가 살던 상도동에도 빈부의 차는 눈에 띄게 심했다. 산 위에는 다 쓰러져가는 판잣집이 즐비했고, 바로 그 아래에는 커다란 일본식 가옥들과 화려한 이층집이 들어서 있었다. 거지들도 많았고, 전쟁고아들을 수용하는 남북 고아원(지금의 대림아파트 자리)도 있었다. 강남초등학교에 다니는 고아원 출신 아이들은 걸핏하면 도둑 누명을 쓰고 손가락질을 받아야만 했다.

북한 주민들이 들고 일어나지 않는 것은 단순히 잘 살고 못 사는 문제만은 아닐 것이라고, 나는 생각했다. 공산주의도 나름대로 주민들을 단결시키고, 설득시키는 명분이 있을 것이며, 그 체제를 유지시키는 장점이 있을 것이라고 생각했다.

반공교육은 언제나 우리에게 극도의 공포심을 심어주었다. 전쟁이 터지면 둘 중 하나는 완전히 망해야 했고 우리가 약하고 불리했다. 우리는 공산주의의 총칼에 짓밟혀야만 했다. 꼭 그래야만 하는 것인지 나는 심각하게 의심하기 시작했다.

모두가 다 같이 잘 살면 안 되는 것인가. 분명 공산주의도 장점이 있을진대, 민주주의의 장점과 결합한 새로운 제3의 주의를 만들 수는 없는 것인가.

그때 나는 결심했다. 모두가 평화롭게 살 수 있는 새로운 체제를 내가 연구해서 만들고 말겠다는. 그런 체제를 실현시켜 세계 평화를 이루고 말겠다는. 그러려면 정치를 해야 한다고 생각했다. 확고부동한 나의 꿈이 생긴 것이다. 그 후 나는 단 한번도 꿈을 바꾸지 않았다.

그때부터 꼼꼼히 신문을 읽기 시작했고, 가장 먼저 정치면을 보았다. 중학생 때도 희망 난에는 늘 정치가 하나만을 써서 냈다. 고등학교 3학년 때도 친구와 함께 정치 토론을 하기 좋아했다. 휘문고에 가려면 95번 버스를 타야 했다. 신림동에서 화계사까지 운행하는 한남운수였다. 고등학교 단짝이었던 홍순영(지금 삼성경제연구소 상무로 있는)과 단과학원을 빼먹고 정치토론을 벌이기도 했다. 주요 논쟁거리로 삼았던 주제는 이철승 씨 노선과 김영삼 씨 노선이라든가 유신체제에 관한 것이었다.

아버지는 성균관대학교 법대를 나오셨다. 아버지는 말씀하셨다.

"정치를 하고 싶다면 법대에 가서 변호사가 되어라. 그리고 정치에 입문해라. 그것이 가장 빠른 길이다."

그러나 내 생각은 달랐다. 당시 정치계에서는 고대 정외과 출신들이 큰 활약을 하고 있었다. 정치를 하려면 법대가 아니라 정치외교학과에 가야 한다고 생각했다. 나는 주관이 뚜렷했다. 아버지께는 죄송하지만 나는 뜻을 굽히지 않았다. 그리고 내가 원하는 대로 고려대학교 정치외교학과에 입학했다.

정치를 하려면 경제가 중요하다는 것도 알았다. 옥스퍼드대학처럼 철학, 정치, 경제를 합친 PPE(Philosophy, Politics, Economy)학과가 있다면 꼭 가고 싶었으나 우리나라에는 없었다. 하여 경제학을 복수 전공했다.

그리고 나는 한 걸음 한 걸음 내 어린 시절의 꿈을 이루기 위해 앞으로 나아갔다.

문화 혁명의 기수에서
제1 야당 기관지 편집국장으로

고려대학교 정치외교학과를 합격해 놓고 입학식까지는 시간이 있었다. 나는 그 기간 동안 고려대학교 70년사를 통독했다. 그 책을 읽으면서 고려대학교의 정통성을 잇는 세 가지의 큰 줄기가 있다는 것을 알았다. 〈고대신문〉, 〈아남민국 모의국회〉, 〈고대문화〉가 그것이다.

고대신문은 '행동하지 않는 양심은 악의 편이다' 라는 사설을 실어 4·18을 유발했고, 그것은 4·19의 계기가 되었다. 아남민국 모의국회는 전국 대학교 대표들이 참여하여 진지한 토론을 벌이고 사회적 관심을 끌어내는 중요한 행사였다. 교지인 고대문화 역시 고대정신의 맥을 이어가는 언론매체였다.

나는 입학을 앞두고 고대신문 기자와 아남민국 모의국회 의장을 했으면 좋겠다는 희망을 품었다. 그리고 1학기 때 신문사 기자 시험에 응시해 치열한 경쟁을 뚫고 합격할 수 있었다.

당시는 유신체제였다. 고대신문은 과거의 전통에서 조금 벗어나 있었다. 선배들이 가지고 있는 문제의식은 과거에 비해 약해 보였을 뿐더러 신문을 한번 내려면 중앙정보부, 교육부, 보안사령부, 성북경찰서, 학생과의 검열을 모두 거쳐야 했다. 하고 싶은 말이 있어도 제대로 할 수 없는 상황이었다. 우리 동기들은 그러한 현실 상황에서 항의했다.

'고대신문은 현실을 올바르게 보여주어야 한다. 신문을 정상적으로 발간할 수 없다면 그것은 현실이다.'

나는 강경론자였다.

'우리가 해야 할 말을 우리는 신문에 실었고 그 때문에 배포 중지가 되었다면 기사를 삭제하는 것이 아니라 배포 중지되었음을 그대로 알려야 한다. 그것이 바로 이 시대에 가장 소중한 메시지다.'

나는 그렇게 주장하였으나 받아들여지지 않았다.

나는 논술부 기자로 있었다. 내가 늘 저항적인 주제를 선정했으므로 학교에서는 큰 골칫거리였다. 결국 나는 문화부 기자로 자리를 옮겨야만 했다. 당시 문화면은 문제될 거리가 없었다. 학우들의 콩트나 수필을 투고 받아서 잘 쓴 작품을 선별하여 게재하는 것이 전부였기 때문이다.

나는 문화부로 자리를 옮기고 나서 문화면을 전면적으로 바꿔나갔다. 우선 기획 기사를 넣었다. 서클문화, 대학 주변의 문화, 쾌락 중심적인 사회 문화, 월간지와 주간지의 문화 시각 등을 비판했다. 문화에 대한 주제를 다루었기에 검열을 피할 수 있었다.

나는 지면을 통해 학생회를 부활시킬 것을 주장했다. 현실적으로 불가능하다면 학회별로 서클을 만들어 등록을 하고 서클연합체를 통해 대학의 행동을 결집해 나가자고 주장했다. 책 소개란에는 주로 이념

서적에 대한 서평을 실었다. 홍사단 아카데미 강좌를 연재했다. 방학 때 반드시 읽어야 할 철학서와 저항시를 집중적으로 소개했다.

내가 기획한 기사들은 학내뿐만 아니라 중앙일간지에도 영향을 미치기 시작했다. 대학별로 그 대학이 가지고 있는 문화와 주변 음식점, 서점 등을 기획 기사로 내보낸 적이 있었다. 일간지에서는 대서특필을 했고, 한동안 그 형식이 유행하기도 하였다. 또 각 일간지들은 'TV칼럼' 등의 매스컴 비평 기사를 쓰고 있었는데 그 필자들이 대부분 신문방송학과 교수들이었다. 나는 그 부분을 꼬집었다.

'독자들이 원하는 것은 학술적 지식이나 전문적 지식이 아니다. 시청자 입장에서 바라보고 이야기하는 것을 원한다. 틀에 박힌 논문식의 기사가 아니라 피부에 와 닿는 살아 있는 기사를 써라. 왜 문화부 기자가 문화기사를 쓰지 않는가.'

나의 주장은 일간지에 영향을 미쳤고 고대신문을 찍고 있던 조선일보가 가장 먼저 필자를 문화부 기자로 교체했다.

언로가 차단된 시대에서 나는 문화라는 주제로 시대에 항거했다. 계엄 상황이 아닌데도 불구하고 정의와 자유라는 단어를 함부로 입에 담을 수 없는 시대였다. 그나마 당시 신민당 당보였던 '민주전선'이 제 목소리를 내고 있었다. 당연히 민주전선의 인기는 최고를 구가할 수밖에 없었다. 나 역시 모금함에 돈을 내가며 민주전선을 탐독했다. 그리고 민주전선 편집장을 해 보고 싶다는 생각을 했다. 내 주장을 마음껏 펼칠 수 있는…….

대학 때 아버님이 돌아가셨다. 나는 대학을 졸업 후 집안 생활비와 동생의 학비를 버는 한편 미국 유학 준비를 하고 있었다. 유학비가 어느 정도 마련되었을 쯤, 나는 유학을 가기 전에 정치권에서 실습을 하

평민당 편집국장 시절
최연소·최장기 편집국장으로
가히 혁명에 가까운 변화를 시도했다.

자고 마음먹었다. 대선 열기가 한참 달아오르고 있을 때였다. 노태우 후보가 유력했으며, 김대중 후보와 김영삼 후보는 결별을 선언한 상태였다. 양 김이 결별한 상태에서 결과는 불을 보듯 뻔했다. 그러나 결과를 떠나 내가 선택해야 할 캠프가 어디인가를 결정해야 했다. 나는 주저 없이 평민당을 택했다. 김대중 후보가 지금까지 걸어온 길과 투쟁성, 대의와 명분이 뚜렷했고, 나의 이상과 일치했기 때문이었다.

대선이 끝나고 나서 당시 홍보위원장을 맡고 있던 조세형 위원장이 나를 불렀다. 평민당에서 편집국장 직을 맡지 않겠냐는 것이었다. 유학 준비가 차질 없이 진행되고 있었고, 일곱 군데 대학으로부터 9월 학기 입학 통지서까지 받아놓은 상태였다. 고민이 아닐 수 없었다. 유학을 포기하는 건 쉽지 않았고, 야당 기관지 편집국장은 내가 대학 시절부터 꿈꾸어 오던 일이었다. 주변에서는 지금 편집국장으로 간다면 10년은 앞당기는 일이니 망설이지 말고 열심히 해 보라고 했다.

나는 조세형 위원장의 제의를 받아들였고 편집국장이 되었다. 그런데 당직자들의 반발이 심해 전체 발령이 3, 4일 늦어지는 사태가 발생했다. 내 나이가 너무 어리다는 이유였다. 1988년 4월, 당시 내 나이는 29살이었다.

그 후 나는 1995년 7월까지 평민당, 신민당, 민주당을 거치는 동안 최연소, 최장기 편집국장으로 줄곧 일을 하게 되었다.

웃음 때문에 치른 곤혹

🌱 열린우리당 정책위원회 전문위원과 이야기를 나누다가 나는 갑자기 웃음을 터뜨리고 말았다. 그는 내게 우스운 얘기를 하고 있었던 것이 아니라 아주 심각하게 얘기를 하고 있는 중이었다. 그는 내게 굳은 표정으로 말했다.

"부의장님, 너무하시는 것 아닙니까. 저는 진짜 진지하게 얘기하는 건데, 제 말이 그렇게 우습습니까?"

"미안, 미안해. 말이 우스워서 그런 게 아니야."

그의 바지 지퍼가 내려가 있었는데 그 사이로 하얀 와이셔츠 자락이 삐져나와 있었다. 나는 웃음이 나오면 참지 못한다. 그 때문에 곤혹을 치른 적이 한두 번이 아니었다.

고등학교 때도 아주 호되게 혼난 적이 있었다. 교련시간이었다. 교련선생님은 월남전 참전용사였는데, 인상도 험악한데다 성격도 아주

괄괄했다. 그런 탓에 별명이 미친개였다. 무슨 일 때문이었는지 교련 선생님이 대단히 화가 나셨다. 급우들은 고개를 푹 숙인 채 마음을 졸이며 선생님의 훈계를 듣고 있어야 했다. 언제 몽둥이가 날아올지 모르는 상황이었다. 그런데 선생님의 화내는 모습이 너무 우스웠다. 마치 만화에 나오는 우스꽝스러운 악당의 모습이 오버랩되었다. 나는 결국 웃음을 참지 못하고 웃고 말았다. 선생님에게 혼이 난 건 말할 것도 없고 단체 기합을 받았다. 그 일로 오랫동안 급우들에게 원성을 들어야만 했었다.

대학 때도 비슷한 일이 있었다. 나는 많은 기대를 가지고 대학신문사에 들어갔다. 그러나 독재 정치에 의해 국내의 모든 언로는 차단되어 있었고, 대학신문이라고 해서 예외는 아니었다. 대학 언론이 이래서는 도저히 말이 안 됐다. 나는 동기생들과 모종의 계획을 꾸몄다. '고대신문 자유선언'이라는 선언문을 만들어 발표하자는 것이었다. 대학 1학년생이었던 우리는 그런 일이 죄가 된다는 걸 알지 못했다.

우리는 선언문을 작성하여 복사집에 맡겼다. 다음날 편집회의 때, 대학신문이 보다 자유로워야 한다는 내용의 선언문을 발표하고 전국 대학에도 보낼 계획이었다. 복사집에 유인물을 맡기면서 우리는 스스로 대견하고 뿌듯해했다.

다음날 이른 아침에 전화가 왔다. 선배의 목소리가 다급하게 들려왔다. 큰일났으니 지금 당장 신문사로 달려오라는 말만 남기고 전화는 끊어졌다. 서둘러 학교로 갔다. 신문사 문을 열고 들어서니 지도교수인 신인철 교수님과 선배들, 동료들이 모두 모여 있었다. 표정들이 모두 딱딱하게 굳어 있었다. 심각한 사태가 일어난 것이다.

전날 우리가 맡긴 선언문을 보고 복사집 아저씨가 경찰에 신고한 것이었다. 성북경찰서에서 나왔다. 긴급조치 위반이었다. 동기 아홉 명 모두가 구속될 게 분명했다. 눈앞이 깜깜했다. 학교에 들어오자 마자 퇴학이라니. 지도교수님도 무사할 리 없었다.

학교에서는 우리를 구하기 위해 백방으로 뛰어다녔다. 결국 우리가 신입생이라는 것과 특별한 저의가 없다는 것이 정상참작되어 근신 처분으로 일단락이 났다. 고대신문이라는 울타리가 우리를 보호했던 것이다. 지도교수님과 학과장님이 각서를 쓰고 나서야 우리는 겨우 풀려날 수 있었다. 일이 마무리되고 나서 우리는 마지막으로 학생처로 불려가 최종 훈계를 받아야 했다.

학생처장의 긴 훈계가 시작되었다. 그런데 한참을 듣고 있자니 도무지 말이 안 되는 얘기였다. 말의 앞뒤가 하나도 맞지 않았다. 사실 우리가 잘못한 게 없는데 잘못했다고 말하려니 논리가 안 맞는 건 당연한 일이었다. 나는 그 터무니없는 말이 우스웠고 화를 내는 학생처장의 얼굴이 우스웠다. 웃음이 나왔다. 웃어서는 안 될 상황이었지만 웃음을 참을 수 없었다. 급기야 쿡하고 웃음이 터져나왔다. 화가 난 학생처장은 부들부들 떨면서 내게 꿀밤을 때렸다. 그래도 웃음이 나왔다. 학생처장은 불같이 화를 내면서 모두 퇴학 처리하겠다고 으름장을 놓았다. 물론 사태가 거기서 원점으로 돌아가지는 않았지만 아찔한 순간이었다.

그 후 나는 대학을 남들보다 1년을 더 다녔다. 전공이 정치외교학과 경제학 두 개이었으므로 학점을 이수하기 위해서는 5년이라는 시간도 빠듯했다. 학점관리도 철저히 했다. 일반적으로 대학신문 기자는 학점이 좋지 않았다. 그러나 나는 늘 '기자 학생'이 아니라 '학생 기자'라고 스스로를 다짐시켰다. 학생 신분으로서 학점은 기본이었다. 학생으로서 학점 관리를 소홀히하는 것은 자신에 대한 기만이라고 생각했다. 나는 신문사 기자가 받는 근로장학금 대신에 성적으로 교우회 장학금을 받았다. 졸업을 할 때는 과톱을 하기도 했다.

입학할 때 가졌던 희망은 모두 이루어졌다. 고대 신문사에서 값진 시간을 보냈고, 아남민국 국회의장을 했고, 고대문화상을 받았다. 장학금으로 학비를 냈고, 아르바이트를 해서 생활비와 용돈을 썼다. 나는 대학 5년을 누구보다 바쁘고, 보람되게 보냈다. 그 시절을 가끔 떠올리면서 나는 혼자 웃곤 한다.

고대 기숙사의 신화가 된
다국적군과의 싸움

내가 대학 1학년 때는 열정과 웃음 때문에 퇴학당할 뻔했었고, 4학년 때는 사소한 싸움이 국제문제로까지 번져 졸업을 못할 뻔했다. 그 일은 20년이 훨씬 지난 지금도 고대 기숙사에서 신화처럼 전해 내려오고 있다.

고려대학교에 기숙사가 처음 생긴 건 1980년 2학기 때였다. 나는 기숙사에 들어가지는 않았지만 친하게 지내는 친구들이 기숙사에 있었다. 기숙사가 생긴 그해 10월 1일이었다.

중간고사를 앞두고 단짝 친구 정순평에게 노트를 빌려주기 위해 기숙사에 갔다. 그곳에서 김대호(매일경제 워싱턴 특파원을 지낸)와 방정대를 만나 함께 저녁을 먹고 술 한 잔을 했다. 나는 예나 지금이나 술을 전혀 하지 못한다. 친구들은 시간 가는 줄 모르고 막걸리를 마셨고, 나는 흥겨움만으로도 충분이 취할 수 있었다. 한참 이야기 꽃을 피우다 보니 어느새 11시 30분이 넘어가고 있었다. 통금이 있을 때였다. 12시에 기숙사 문은 닫힌다. 우리는 서둘러 나왔다. 시간이 늦었으므로 나는 친구 방에서 자고 가기로 했다. 산 중턱에 있는 기숙사로 올라가면서 내가 친구들에게 말했다.

"너희들, 듀크라는 미국인 아냐?"

듀크는 영어회화 강사였다. 그는 학생들 사이에서 평판이 좋지 않았다. 기숙사 1층에 외국인 강사들의 숙소가 마련되어 있었는데, 듀크역시 그곳에 묵고 있었다.

어느 날인가 심야에 남북 축구경기가 있었다. 기숙사 학생들은 함성을 지르면서 축구경기를 봤다. 그런데 그 듀크가 사감실로 가서 학생들이 밤새 소리치는 바람에 잠을 못 잤다며 책상을 걷어차고 욕설을 퍼부으며 행패를 부린 일이 있었다.

또 한번은 기숙사 스피커에서 흘러나오는 음악이 시끄럽다며 돌을 던져 깨기도 했다. 매일 밤마다 기숙사 규정을 위반하고 한국여자를 데리고 와서 잤다. 더욱이 여자들을 매일 바꾼다는 소문도 있었다. 친구들 역시 듀크의 만행을 익히 들어 알고 있었다. 나는 친구들을 다그쳤다.

"야, 너희들은 같은 기숙사에 있으면서 그런 오만방자한 미국인을 가만두는 거냐? 오늘 우리가 녀석의 버릇을 확실히 고쳐주자."

친구들은 동의했다. 당시 학생들 사이에서는 반미 감정이 커지고 있었다. 광주 항쟁을 거치면서 글라이틴 미 대사는 한국사람들이 들쥐 근성이 있다고 폄하하는 발언을 했으며, 레이건은 대통령으로 당선되자 마자 학살 정부의 수뇌인 전두환 씨를 미국으로 초청해, 그것도 세계 국가원수 중 가장 먼저 백악관으로 불러 학살 정부를 공식적으로 인정했다.

술에 취한 친구들은 쉽게 흥분했다.

"맞아. 여기가 어디라고 미국놈이 건방지게 우리나라에 와서 행패야. 우리가 아주 따끔한 맛을 보여주자."

정순평은 운동을 해서 몸이 아주 단단했다. 당시 그는 학원자율화운동을 이끌고 있었다. 김대호는 고대신문 편집장이었고, 나는 전국대학교 모의국회 의장이었다. 그리고 부산 출신의 호탕한 사나이 방정대가 있었다.

우리가 기숙사에 도착했을 때, 시간은 이미 12시가 넘어 있었고, 현관문은 굳게 닫혀 있었다. 내 생각은 이랬다. 기숙사 뒤로 돌아가 화장실 문으로 들어간다. 그리고 듀크 방을 찾아가서 노크를 한다. 분명 여자와 함께 있을 것이다. 우리는 듀크를 방에 꿇려 앉혀놓고, 뺨을 찰싹찰싹 때려가면서 만행을 꾸짖은 후 다시는 그 같은 일을 되풀이하지 않겠다는 다짐을 받고 나온다.

그런데 내 계획을 설명하기도 전에 성질 급한 부산 사나이 방정대가 현관 앞에 떡 버티고 서서, "듀크, 컴 히어!" 라고 소리치는 것이 아닌가. 그의 우렁찬 목소리는 고요한 밤하늘에 쩌렁쩌렁 울려 퍼졌다.

창문 하나가 열리더니 영국인 강사 브라운 리가 얼굴을 내밀었다. 그러고는 우리를 향해 우리말로, "가!" 라고 말했다. 방정대는 그가 듀크인 줄 알았던 모양이다.

"야, 이 ×새끼야. 당장 나와!"

브라운 리는 방정대의 욕설에 화가 나서 러닝 바람으로 뛰쳐나왔다. 어찌나 흥분했던지 문고리도 제대로 열지 못했다. 그는 덩치가 대단히 컸다. 김대호와 방정대가 그에게 달려들었다. 뒤이어 프랑스인 강사가 문밖으로 나왔다. 그는 왜소한 체격이었는데 싸움 잘하게 생긴 정순평을 피해 나에게 달려들었다. 그리고 문제의 듀크가 맨몸에 청바지만 입고 나왔다. 그는 정순평과 붙었다. 현관문에는 겉옷만 겨우 걸친 여자가 뒤따라 나와 지켜보고 있었다. 듀크의 일일 애인이었다.

프랑스인 강사는 우리가 자기들을 급습하러 온 줄 알았던 모양이다. 그는 대단히 긴장해 있었다. 나는 프랑스인 강사에게 말했다. 나는 당신과 싸울 생각이 없으며, 우리는 단지 듀크와 얘기하러 온 것뿐이라고. 그 말에 프랑스인 강사가 조금 긴장을 풀었다. 프랑스인이 소리쳤다.

"저기를 봐라!"

정순평이 커다란 돌멩이를 주워 들고 있었다. 프랑스인이 내게 말했다.

"당장 돌을 버리라고 해라. 만일 그렇지 않으면 나는 법정에 나가 너희들이 살인을 하려 했다고 증언하겠다."

나는 정순평에게 소리쳤다.

"순평아, 돌을 내려놔!"

정순평이 나를 힐끗 돌아보는가 싶더니 한순간에 듀크의 머리를 돌로 후려쳤다. 이런 게 아니었는데…… 일은 터지고야 만 것이다. 듀크가 앞으로 꼬꾸라졌다. 죽은 줄 알았다. 그런데 그가 거짓말처럼 벌떡 일어나더니 정순평에게 덤벼드는 게 아닌가. 둘은 격하게 치고받으며 돌밭을 데굴데굴 구르면서 싸우기 시작했다. 어떻게 말릴 수 있는 상황이 아니었다. 그때 러시아 교수가 나왔다. 그는 나이가 많은 점잖은 신사였다. 이제 우리와 외국인이 4대 4가 된 것이다. 기숙사 창문은 모두 열려 있었고, 창문마다 학생들이 얼굴을 내밀고 있었다.

그 상황에서 김대호와 나는 감정이 북받쳐 소리쳤다.

"양키, 고 홈!"

그러자, 뜻밖의 일이 일어났다. 창을 열고 내다보던 학생들이 일제히 주먹을 불끈 쥐고 '양키 고 홈'을 외치기 시작했다. 새벽 1시였다. 우리들의 목소리는 어둠을 밀어내며 산조차 무너뜨릴 기세로 울려 퍼졌다. 광주 학살 정부에게 힘을 실어준 당시의 미국 정부에 대한 원망이 반미 감정으로 표출된 순간이었다.

깜짝 놀란 외국인들이 싸움을 멈추고 주춤주춤 뒤로 물러났다. 그때 요란한 사이렌이 울리면서 경찰이 왔다. 듀크는 병원으로 실려 가고 우리는 현장에서 체포되어 경찰서로 끌려 나갔다.

경찰서로 가면서 경찰이 무슨 일이냐고 물었다. 나는 대답했다. 우리는 단지 외국인 강사가 너무 포악해서 조용히 타이르려 했을 뿐이라고. 어떻게 일이 잘못 꼬여서 싸움을 하게 되었다고. 경찰은,

"엽전들이 외국인과 싸웠어? 대단한데. 그런데 왜 잡혔어? 도망가지."

하면서 우리 편을 들어주었다. 우리는 성북경찰서로 연행되었다. 경찰서 안에는 이제 곧 삼청교육대로 끌려갈 처지에 놓인 사람들이 철창 안에 갇혀 있었다. 우리도 그들과 함께 철창 안으로 들어갔다. 당시 정보기관에서는 나와 김대호, 정순평을 노리고 있었다. 그들이 보기에 우리는 골치 아픈 놈들이었다. 그러나 딱히 잡아들일 건수가 없었다. 그런데 일이 터지고 만 것이다. 우리는 당일 사건을 조사받기 전에 정보과에서 먼저 조사를 받았다.

나는 대학 4년 내내 경계선을 넘지 않기 위해 노력했다. 나는 늘 줄타기를 하면서 대학생활을 하고 있다고 생각해 왔다. 그런데 급기야 이제 선을 넘고 만 것이다. 그것도 아주 어처구니없게 말이다. 우리의 문제는 단순한 폭력사건으로 끝나지 않았다. 자국민의 보호가 철저한 미국에서는 이 문제를 국제적인 문제로 끌고 나가려 했다.

고인이 되신 조동필 교수님과 당시 정외과 학과장이었던 한승조 교

고대 기숙사의 신화를 만든
듀크 4인방.
왼쪽부터 방정대, 필자, 김대호, 정순평.

수님이 보증을 서고 우리는 일단 풀려났다. 하루가 지나고 개천절이었던 10월 3일, 노신영 외무부 장관이 글라이틴 미국 대사를 만났다. 두 사람의 만남은 대단히 이례적인 일이었다. 신문기자가 무슨 일 때문에 만났느냐고 물었다. 노신영 외무부 장관은 '꼭 정치적 문제로 만난 건 아니다. 비정치적 문제로 만날 수 있다.' 라고 답변했다. 바로 우리 문제를 논의하기 위해 만났던 것이다.

상황은 보는 시각에 따라 얼마든지 커질 수 있었다. 외국인을 돌로 찍어 폭행했고, 양키 고 홈을 외쳤으며, 그 주체는 학생운동의 핵심 간부들이었다. 한미 양측은 고요했다. 우리를 구속시킬 사유는 충분했으나, 그렇게 되면 문제가 더 커질 수가 있었다. 반미 투쟁의 기폭제가 될 수 있었다. 결국 우리의 사건은 단순사건으로 처리하기로 결론이 내려졌다.

듀크는 뒤통수를 14바늘이나 꿰맸다. 김상협 총장은 병원에 직접 전화를 걸어 1주일 내로 진단서를 끊으라고 지시했다. 처벌을 최소화하기 위해서였다. 그리고 듀크는 학교에서 쫓겨났다. 조사하는 과정에서 듀크의 비리가 모두 드러난 것이다. 브라운 리도 덩달아 비리가 드러났다. 영어회화를 가르치면서 여학생들에게 치욕적인 언사를 일삼았던 것이다. 브라운 리도 강사직을 그만두어야 했다. 프랑스인 강사도 그만두었다. 그는 죄가 없었으나 무서워서 못 다니겠다며 사표를 제출했다. 조사 과정에서 새로운 사실도 밝혀졌다. 듀크가 고려대학교에 오기 전에 연세대학에서 강의를 하고 있었는데, 강의 시간에 학생을 때려 쫓겨난 적이 있다는 것이었다. 우리가 경찰서를 나올 때 경찰은 잡혀온 불량배들에게 이렇게 말했다.

"힘없고 불쌍한 동네사람 때리지 말고 좀 크게 놀아. 이 학생들 좀

봐라. 미국, 영국, 프랑스, 러시아, 강대국하고만 싸워서 이겼잖아. 본
좀 받으란 말이야!"

이 사건은 지금도, 억눌렸던 반미 감정을 분출시켜 못된 미국인을
혼내준 사건으로 고대 기숙사에서 신화처럼 전해 내려오고 있다.

12년의 침묵을 깨고
아남민국 모의국회를 열다

🌱 고려대의 정통성을 이루는 한 축은 아남민국 모의국회였다. 내 희망은 아남민국 모의국회를 계승하는 일이었다. 전국 대학생들이 한 자리에 모여 시국 현안을 진지하게 논의하고 학생들의 순수한 시각을 사회에 전달하고자 했다.

그러나 때는 박통 말기였고 유신체제의 탄압은 극에 달했다. 어떤 형태의 학생연합집회도 허용되지 않았다. 서클 단위 이상의 집회를 가지려면 학생과의 허가를 받아야 하는데, 허가가 나오지 않았다. 전국 단위의 대학생 연합 모의국회를 연다는 건 상상도 할 수 없는 일이었다. 그러나 나는 포기하지 않았다.

내가 대학 3학년 때 10 · 26 사태가 일어났고 교문은 닫혔다. 얼마 후 학교 문이 다시 열렸을 때, 정치외교학과 학회장을 맡고 있었던 나는 내년에 전국대학 연합모의국회를 열자고 정식으로 발의했다. 날짜는

5월 5일이 좋았다. 개교기념일이었기 때문에 집회 허가를 얻기가 어느 때보다 수월했다. 당시 학과장이었던 한승조 교수님과 상의했다. 한 승조 교수님은 흔쾌히 승낙했다.

시작은 매우 순조로웠다. 예산을 짜 보니 당시 돈으로 이백만 원이 필요했다. 정외과 선배들에게 조금씩 지원을 받기로 하고 가장 먼저 정세영 현대자동차 사장을 찾아갔다. 정세영 사장은 선뜻 이백만 원을 내주면서 다른데 갈 필요 없이 이 돈을 가지고 멋있게 해 보라고 격려했다. 그 덕에 우리는 많은 시간을 벌 수 있었다. 행사진행비를 마련하고 나서 나는 전국 대학을 일일이 돌아다녔다. 28개 대학으로부터 대표자를 보내겠다는 확답을 받았다. 각 대학에서는 곧바로 참석자 명단을 보내왔다.

겨울방학이 끝나고 개학이 되면서 본격적인 준비에 들어갔다. 모의 국회 논의 주제는 헌법 개정으로 정했다. 유신 헌법이 저격당한 상황에서 개헌문제는 단연 국가의 최고 화두였다. 각 대학들은 학생 대표를 구성하고 자체 세미나를 여는 등 활발히 움직였다. 우리 역시 발표할 내용을 준비하느라 여념이 없었다.

그즈음 한편에서는 학원자율화 추진이 가속화되고 있었다. 각 대학에서는 재단의 비리를 성토했고, 학생 데모는 그칠 줄 몰랐다. 고려대에서는 재단 비리에 대한 항의가 크게 나오지는 않았다. 80년의 봄은 어수선했고, 전두환의 등장은 예견되고 있었다. 폭풍전야의 불안한 안정이 5월 5일까지 갈 수 있을지 의심스러웠다.

나는 모의국회 일정을 4월 2일로 앞당겼다. 새 학기를 맞으면서 학과장이 이호재 교수님으로 바뀌었다. 모의국회 일정 변경을 이호재 교수님과 상의했다. 교수님은 시대가 어수선하니 고대 자체행사로 축소하라고 했다. 전국 단위의 행사는 내년으로 미루는 것이 좋겠다는 거였다. 내 생각은 달랐다. 조만간 군부가 치고 나올 것이다. 그리고 우리는 꽤 오랫동안 봄을 맞지 못할 것이다. 나는 교수님께 말했다.

"교수님. 교수님은 저희가 내년에도 이 행사를 할 수 있으리라 생각하십니까?"

교수님은 선뜻 답하지 못하셨다. 나는 집요하게 교수님을 설득했다. '내년에는 학내 행사조차 불가능할 것이다. 이번이 기회입니다. 68년에 끊어졌던 아남민국 모의국회를 12년 만에 부활시킬 수 있는 절호의 기회'라고. 교수님은 결국 내 뜻을 받아들였다.

드디어 모의국회가 열렸다. 3김을 부를까도 생각했지만 너무 정치적이라는 의견이 많았으므로 그 계획은 철회했다. 헌법 개정이라는 주제는 시기적절했다. 나는 이번 행사를 이렇게 정의했다.

'우리 사회의 최대 현안인 개헌 문제를 아카데미즘적 시각에서 학생들의 의견을 체계적으로 정리하여 질서정연하게 사회에 제시해 주는 행사다.'

행사는 대성공이었다. 모의국회가 열린 고려대 강당은 발 디딜 틈 없이 사람들로 꽉 찼고, 미처 강당 안으로 들어오지 못한 사람들은 창틀에 걸터앉아 행사진행을 끝까지 지켜보았다. 방송사들은 그 행사를 9시 뉴스 톱기사로 다루었다. 군부의 정치적 중립방안과 선거방안 등 참신하고 명쾌한 논의가 이루어졌다고 보도했다. ABC, AFKN, NHK 등의 외신들도 주요 뉴스로 다루었다. 동아방송은 매시간 현장감 있는 보도를 내보냈다.

행사가 끝나고 김상협 총장님(16대 국무총리를 지낸)이 나를 불렀다. 총장님은 고려대의 본모습을 보여주고 학교의 명예를 드높였다며 칭찬을 아끼지 않았다. '다른 학교들이 재단의 비리로 목소리를 드높

국회의장 전병헌   부의장 유ㅎ

유신체제가 무너진 후
12년 만에 열린 아남민국 모의국회.
필자는 국회의장역을 맡아
당시 사회적 최대 현안이었던
개헌문제를 다뤘다.

이고 있을 때 고려대는 진정한 학생 정신을 보여주었다. 구호만으로 그치는 공허한 목소리가 아니라 데모와 같은 대립이 아닌, 민주적 토론의 장을 통해서 다양한 주장을 끌어내고 통합하면서 과거 고려대의 전통을 계승했다.' 고 총장님은 말했다.

　나는 격려금을 받아들고 총장실을 나왔다. 그리고 후배들과 함께 그 어느 때보다 푸짐하고, 행복한 저녁을 먹을 수 있었다.

술 취한 무장공비

🌸 나는 술을 전혀 마시지 못한다. 할아버지는 술 인심이 좋으셨고, 아버지는 말술을 드셨다. 아버지는 자주 술에 취하서 통금시간을 아슬아슬하게 넘겨 들어오시곤 했다. 나는 그런 아버지가 늘 불안해 보였다.

물론 그런 기억 때문에 내가 술을 마시지 못하는 건 아니다. 술이건 담배건 일단 내 몸에서 받아들이지 못한다. 몇 번인가 담배를 피워 보기는 했지만 몸이 피곤해서 견딜 수가 없었다. 술도 마셔 봤지만 지독한 고통만 남았을 뿐이다. 남들 표현대로 기분이 좋아지는 것이 아니라 불쾌해지고, 몸이 풀리는 것이 아니라 구석구석이 아프다.

내가 처음 술을 마신 건 대학 신입생 환영회 때였다. 고려대 신입생 환영회는 전통적인 관습이 하나 있었다. 모든 신입생들이 우동 그릇에 막걸리를 하나 가득 부어 단숨에 들이마셔야 하는 일이었다. 그때 나는 내가 술을 마시지 못한다는 것을 몰랐으므로 별 생각 없이 막걸리 한 사발을 벌컥벌컥 마셨다. 어지러웠다. 나는 화장실에 간다는 핑계로 밖으로 나왔다가 잔디밭에 쓰러졌다. 꽤 오랜 시간이 지나 좀 괜찮아졌나 싶어 일어서는데 그만 속엣것을 모두 쏟아내고 말았다. 극심한 고통이었다. 그 후로 몇 번 더 술을 마셔 보았지만 고통만 심해질 뿐이었다.

그래서 나는 일반 사람들이 가지고 있는 술과 담배에 대한 보편적인 정서를 이해하지 못한다. 그 때문에 평생 지울 수 없는 상처를 남길 뻔한 일이 있었다.

초임 소대장 시절이었다. 우리 부대는 여름을 맞아 산정호수 인근 야산으로 훈련을 나갔다. 훈련이라기보다는 휴양에 가까웠다. 산중에 텐트를 치고 며칠 조용히 쉬다가 오는 거였다. 모든 사병들이 일 년 동안 기다려 온 일종의 소풍과도 같은 훈련이었다.

야영지에 도착했을 때 비가 쏟아지기 시작했다. 그 첫날 나는 당직 사관을 섰다. 큰비가 내리고 있었으므로 각 텐트별로 배수로만 점검하면 될 뿐 문제될 건 없었다. 그렇게 밤이 지나고 아침이 되었다. 날은 맑게 개어 있었다. 좋은 아침이었다.

나는 기분 좋게 아침 점호를 했다. 그런데 병사 세 명이 보이지 않았다. 늦잠을 자는가 싶어 텐트 안을 찾아보았지만 아무도 없었다. 중대장에게 보고했다. 8시쯤 되었을 때 중대장이 나를 불렀다. 얼굴이 붉으락푸르락해서는 즉각 철수하라는 명령을 내렸다. 중대장은 당직 사관이 병사들 관리하나 제대로 못한다며 소리쳤다. 그런데 사라진 병사들을 찾지도 못했는데 그냥 철수하라니, 나는 도무지 이해가 되지 않았지만 토를 달 수 없었다. 나는 그 이유를 부대에 돌아와서야 알았다.

부대로 돌아와 보니 사라진 세 명의 병사가 그곳에 있었다.

그들은 간밤에 쏟아지는 비를 맞아가면서 야영지를 벗어나 민가로 내려갔다. 술집에서 막걸리를 거나하게 마시고 야영지로 돌아오다가 길을 잃었다. 술은 취했고, 비는 내리고, 어둠 속에서 길은 쉽게 보이지 않았다. 병사들은 밤새 비를 맞으며 헤매고 다녔다. 새벽이 되었을 때, 그들은 약초꾼의 눈에 띄었다. 전투복 차림에 얼굴은 초췌했고, 온몸은 진흙투성이였다. 약초꾼들은 그들을 무장공비라고 생각해 경찰에 신고했다. 인근부대 '5분 대기조'가 출동했다. '5분 대기조'는 실탄으로 무장한다. 길 잃은 병사들은 어느 야산에서 생포되었다. 포승줄에 손발이 묶인 채 모 부대로 압송되었다. 그곳에서 취조를 받고 오해가 풀려 우리 부대로 이송된 것이다.

개망신이 아닐 수 없었다. 중대장은 그 소식을 듣고 철수 명령을 내린 거였다. 자초지종을 듣고 나서 나는 모골이 송연해졌다. 만일 길 잃은 병사들이 당황해서 과민한 행동을 했다거나 긴장한 5분 대기조 병사가 방아쇠를 당기기라도 했다면, 그래서 사살이라도 발생했다면 어찌될 뻔했는가.

그때 나는 내가 술을 마셨더라면 이런 일을 미연에 방지할 수 있지 않았을까 생각했다. 나는 술을 좋아하는 병사들의 심정을 이해하지 못했다. 비가 오는데 설마 밖에 나가겠느냐는 내 생각은 틀렸다. 비가 오면 더 술 생각이 난다는 사실을 나는 몰랐다. 집 밖에 나오면 술 생각이 더 간절하다는 걸 나는 미처 깨닫지 못했다. 만일 내가 술을 좋아했다면, 술을 좋아하는 병사들과 내 텐트에서 술을 마셨을지도 모른다.

그 후 나는 술에 대한 욕구를 최대한 이해하려고 노력한다. 그런데도 나는 자주 잊는다. 술자리에서 옆 사람의 빈 술잔을 따라주는 일을 잊고, 술이 떨어졌음에도 더 주문하는 일을 종종 잊곤 한다. 나도 한번 쯤은 코가 삐뚤어지도록 술을 마시고 싶어질 때도 있다. 그럴 수만 있다면…….

팬티 속에 감춰진
군 입대 부정사건

어느 날 TV에서 박카스 광고를 보았다. 시력이 나쁜 젊은 친구가 병무청 신체검사장에서 시력 측정판을 외워서 엉뚱한 대답을 해놓고는 '꼭 가고 싶습니다!' 라고 소리치는 내용이었다. 나는 웃음이 나왔다. 내가 군 입대를 앞두고 신체검사를 받던 일이 떠올랐다.

대학 졸업을 앞두고 나는 군대 문제를 어떤 방식으로든 처리해야 했다. 그때 마침 학사장교 제도가 처음 생겼다. 고민 끝에 나는 학사장교를 택했다. 군사독재에 대한 거부감이 심했던 나는 군사문화에 대해 현실적으로 부딪혀서 이해하고 올바른 판단을 하고 싶었다. 일반병으로 가는 것보다 장교로 가는 것이 군사문화를 이해하는데 좀 더 도움이 되리라고 판단했다.

장교시험을 보았고 부관 병과를 지원해 합격했다. 그런데 문제가 생겼다. 최종 신체검사에서 합격을 해야 하는데 몸무게 제한이 53kg이었다. 그때 내 몸무게는 48kg이었다. 면제 대상인 45kg보다 3kg이 많았다. 그리고 장교로 가기 위해서는 5kg이 모자랐다. 나는 다시 고민에 빠졌다. 3kg을 빼서 면제를 받을 것인가, 5kg을 찌워서 장교로 갈 것인가. 남은 시간은 2주였고 찌우는 것보다 빼는 게 쉬울 듯했다. 고민의 시간은 길지 않았다. 나는 장교 입대를 선택했다. 그리고 그날부터 초콜릿과 아이스크림을 닥치는 대로 먹었다. 자기 전에는 꼭 라면을 끓여먹었다. 그러나 몸무게는 전혀 늘지 않았다. 체중미달로 떨어질 위기였다.

신체검사 하루 전날 나는 청계천에 가서 조그만 납덩이를 한 봉지 사왔다. 그리고 어머니에게 특수 팬티를 만들어 달라고 부탁했다. 5kg 분량의 납을 팬티에 꿰매 단 것이다. 특수 팬티가 어렵게 제작되었는데 팬티를 입었더니 무게를 못 이겨 쑥 벗겨지고 말았다. 난감한 일이었다. 그래서 이번엔 몸에다 직접 납을 달았다. 주렁주렁 매달긴 했지만 5kg를 넘지 못했다.

걱정스러운 마음으로 아침을 맞았다. 나는 있는 납을 모두 호주머니에 챙겨 넣고 신체검사장으로 갔다. 여러 검사를 마치고 이제 체중을 달아야 하는 운명의 시간이 다가왔다. 나는 몸무게를 조금이라도 더 늘릴 생각으로 수돗가에 가서 배가 터지도록 물을 마셔댔다. 긴장되는 순간이었다. 그런데 이게 웬일인가 몸무게를 재는데 옷을 입고 재는 것이 아닌가. 초겨울이었던 탓에 외투만 벗고 몸무게를 달고 있었다. 나는 쾌재를 부르며 납덩이를 바지 주머니에 넣고 저울에 올랐다. 체중계는 53.4kg을 가리키고 있었다. 아슬아슬했다. 그런데 가만히 보니 몸무게를 달고 있는 사람은 얼마 전 위생병으로 군에 입대한 고교 동창이 아닌가. 나는 반갑게 인사를 하고 그의 귀에 속삭였다.

"야, 55kg으로 써라."

그렇게 해서 나는 무사히 입대할 수 있었다.

광주보병학교 시절.
장교 임관을 앞두고 유격행군을 실시했다.
허벅지 위로 차오르는 강 건너에
무엇이 기다리고 있는지 당시에는
짐작도 할 수 없었다.

장교로 입대한 후 나를 가장 괴롭힌 건 정신교육시간이었다. 사병들을 모아놓고 내가 정신교육을 시켜야 했는데, 그 정신교육이라는 것이 기실 전두환 정권을 찬양하는 일이었다. 당시 전두환 대통령이 아프리카 5개국 순방에 나서면 그 정당성과 위대함을 설명해야 했다.

난감한 일이었다. 그렇다고 해서 군인의 신분으로 현 정부를 비판하거나 비난할 수도 없는 일이었다. 말 한마디 잘못했다가 쥐도 새도 모르게 어딘가로 끌려가는 일이 흔했던 때였다. 나는 하달된 교육자료를 쭉 읽어주는 방법을 택했다. '~라고 한다더라', '~라고 쓰여 있네' 하는 식으로 교안에 적힌 내용을 전달만 해주었다. 내 생각을 주장하거나 설명하지는 않았다.

그 대신 나는 국민의 의무와 선거에 대한 내 생각을 이야기하곤 했다. 나는 투표에 대한 중요성을 강조했다. 선거에 참여하라는 말이 죄가 될 리는 없었다. 나는 사병들에게 역설했다. '자기 의사를 적극적으로 드러내야 한다. 그래야 뭔가를 바꿔도 바꿀 수 있다. 여러분이 투표하지 않으면 불의가 유리하다. 정치를 혐오만 하는 국민은 혐오스러운 정치를 가질 수밖에 없다. 혐오스러운 정치는 정치인만의 문제가 아니다. 국민에게도 책임은 있다. 왜 방기했는가, 왜 도둑놈이 정치인이 되게끔 놔두었는가, 만일 모두가 도둑놈이라고 생각한다면 그 중에서 가장 덜 나쁜 놈을 찍어라. 정치 자체를 없앨 수 없다면, 최악이 최선이 되는 일만큼은 막아야 하지 않는가.' 사병들은 내 주장에 곧잘 박수를 보내곤 했었다.

박카스 광고에 나오는 청년이 군대에 가게 되었는지 못 갔는지 나는 모른다. 그러나 그 청년은 자기 의사를 적극적으로 드러냈다. 그것만으로도 그 청년은 얼마나 아름다운가.

부당한 처사에
온몸을 던져 항거한 유격훈련

창밖을 보니 날씨가 꾸물거렸다. 흉추가 뻐근하게 아파왔다. 군에서 다친 상처가 아직도 저리다.

20여 년 전 삼복더위가 맹위를 떨치고 있을 때였다. 우리 부대는 100km 행군으로 유격장에 도착했다. 내 발바닥은 군장의 무게에 눌려 물집으로 짓물렀으며, 무릎 관절 이상으로 절뚝거리는 상태가 되었다. 행군을 하는 동안 병사들은 논물을 그대로 떠 마셨다. 나는 농약이 걱정되었으므로 논물을 먹지 말라고 했으나 병사들은 듣지 않았다. 신기하게도 논물을 그대로 마시고 탈을 일으킨 병사는 한 명도 없었다.

유격장은 금학산에 있었다. 금학산에는 나이가 오십이 넘은 특무상사가 유격대장으로 있었다. 유격대장은 커다란 지팡이를 들고 다녔는데, 기골이 장대하고 성미가 불같아서 금학산 호랑이로 통했다. 금학산 호랑이는 모두에게 두려움의 대상이었다.

유격장에 도착한 우리 부대는 계급장을 뗀 유격복으로 갈아입고 훈련에 들어갔다. 나는 무릎 관절의 무리로 절룩거렸다. 군의관은 내게 훈련을 만류했다. 후송 조치를 할 수 있으니 훈련을 받지 말라고 거듭 말했다. 그러나 그럴 수는 없는 일이었다. 소대장이라는 사람이 유격장에 도착하자 마자 후송될 수는 없었다. 신임이었으므로 소대원들의 군기를 잡아야 하는 문제도 있었다. 나는 다리를 절며 훈련장을 돌았다.

그런데 유격훈련 교관인 중사는 소대원들에게 훈련은 안 시키고 계속해서 얼차려만 주었다. 물론 장교인 내가 소대원들과 함께 얼차려를 받는 건 아니었다. 나는 옆에 서서 소대원들이 기합 받는 모습을 지켜만 보고 있었다. 기합을 주고 있는 중사는 잔혹했으며 마치 사디스트처럼 그걸 즐기고 있는 듯했다. 8월의 태양은 뜨거웠다. 몇몇 부대에서 훈련 도중 몇 명의 병사가 일사병으로 쓰러져 숨진 사례가 발생한 때였다.

유격장에서 얼차려를 주는 것은 일제 군대의 잔재다. 유격장이 두려운 것은 넘어야 할 장애물 때문이 아니라 극심한 얼차려 때문이다. 광주보병학교 시절, 나는 유격 훈련을 받다가 고인 물에 빠져서 눈병에 걸려 심하게 고생을 했다. 훈련 도중 불가피하게 흙탕물에 빠지는 일은 많다. 그러나 고의로 세균이 우글거리는 더러운 물에 빠뜨리는 것은 분명 가학이다. 군대에서 행해지는 가학은 비단 이 뿐만이 아니다. 황금박쥐 군장으로 모기파티를 벌이는 일, 즉 팬티만 입고 팔 다리를 벌린 부동자세로 모기에게 뜯기게 하는 식의 가학적 행태는 분명 일제의 잔재다.

유격장에서 얼차려는 필요하다. 어느 정도의 긴장과 정신무장이 되어야 험난한 코스를 무사히 통과할 수 있다. 그러나 시종일관 얼차려만 받다가 힘이 빠져서 오히려 코스를 타러 가는 일이 위험해진다면 그건 분명 잘못이다.

교관은 단 한번도 코스를 태우지 않은 채 세 번째 코스까지 얼차려로만 이동했다. 얼차려만 받다가 오전 시간이 끝났다. 점심식사 후 2시에 다시 훈련이 시작되었다. 그런데 이번에도 교관은 앞으로 취침, 뒤로 취침, 그리고 포복으로 이어졌다. 바닥은 잔돌들이 유리조각처럼 깔려 있었고 뙤약볕은 머리 위로 쏟아지고 있었다. 나는 더 이상 보고만 있을 수 없었다.

"교관, 이거 너무하는 것 아니요? 병사들 죽이려고 작정했소?"

교관은 내 말은 들은 척도 하지 않은 채 보란 듯이 더 심하게 포복을 시켰다. 나는 소대원들 앞에 나서서 일어나라고 소리쳤다. 소대원들은 감히 일어나지 못했다. 교관이 내게 소리쳤다.

"소대장님. 지금 뭐하자는 겁니까? 훈련을 방해하자는 겁니까?"

교관은 소대원들에게 '포복 앞으로!'를 외쳤다. 나는 화가 나서 '일어섯!'을 외쳤다. 소대원들은 어찌할 바를 몰랐다. 뒷줄에 있던 병사들 몇이 주춤주춤 일어섰다. 그런데 앞에 서 있는 교관이 '어떤 놈이 일어나!'라고 소리쳤다. 일어서던 병사들은 다시 엎드렸다. 교관과 나 사이에 팽팽한 긴장감이 형성되었다. 나는 화가 나서 다시 소리쳤다.

"이 자식들. 소대장 말 안 들엇! 모두 기상!"

내 기세에 눌려 소대원들이 자리에서 일어났다. 나는 전령에게 소금과 물을 마시게 했다. 훈련은 중지되었다. 교관은 길길이 날뛰다가 금학산 호랑이인 유격대장에게 사태를 보고했다. 얼마 후 금학산 호랑이가 커다란 지팡이를 들고 나타났다. 새파란 신임 장교가 금학산 유격대의 전통을 깬다는 건 있을 수 없는 일이었다. 유격장에서는 무조건 교관의 말에 복종해야 했다. 나는 유격대장에게 항의했다.

훈련을 받으러 왔는데, 왜 훈련을 안 시키느냐. 유격훈련이란 극한 상황에 처했을 때 생존할 수 있는 기술을 연마하는 것이 아니냐. 얼차려를 통해서 긴장감을 높이고 정신무장을 하는 건 좋지만 코스는 단 한번도 태우지 않고 시종일관 얼차려만 준 것은 부당하다. 유격훈련이 얼차려가 중심이 되고 코스가 부가 되어서는 안 된다. 극한상황에 처하면 정신무장은 다 되게 되어 있다. 유격장에 와서 로프 한번 만져 보고 외나무다리를 타 봐야 경험이 되고 그 경험이 실전에서 살아나는 것이 아니냐. 나는 소대원들을 저런 교관에게 맡길 수 없다고 했다.

유격대장은 돌아갔다. 유격장은 난리가 났다. 작전 장교가 부르고 대대장이 불렀다. 나는 주장을 굽히지 않았다. 사디스트에게 소대원들을 맡길 수는 없었다. 그날 교육은 전면 중지되었다. 다음날 새로운 지침이 내려졌다. 사병과 간부를 분리시키라는 것이었다. 간부들은 사병과 떨어져서 별도의 훈련을 받아야 했다.

나는 코스를 타지 않아도 되었지만 간부들이 따로 움직이게 된 원인을 내가 제공한 터라 솔선해서 코스를 탔다. 그러다가 세 번째 코스를 타던 중 꽤 높은 곳에서 떨어졌다. 무릎 통증으로 제대로 점프를 하지 못해 잡아야 할 철봉을 놓친 것이다. 숨을 쉴 수가 없었다. 죽는다는 느낌을 받았다. 흉추압박골절이었다. 나는 긴급 후송되었다. 그리고 두 달이 넘게 병원에 누워 있어야 하는 신세가 되었다.

군의 잘못된 사고방식과 부당한 처사에 맞서다가 입은 상처는 지금도 날씨가 궂을 때면 이렇게 신호를 보내고 있다.

손자가 궁녀의 목을 자른 이유

   언젠가 민병돈 장군을 만난 적이 있었다. 무슨 이야기를 하다가 군대의 형식주의에 대한 이야기가 나왔다. 민병돈 장군은 내가 군 생활 내내 품었던 의문을 꼬집어 이야기했다.

   내가 군 생활을 하는 동안 참으로 납득하기 어려운 일이 몇 가지 있었는데, 그 중 하나가 초병에 관한 문제였다. 초병의 역할과 중요성은 주간보다는 야간에 더 잘 나타난다. 초병은 아군의 진지로 접근하는 모든 사람과 사물을 경계한다. 정체를 알 수 없는 누군가가 아군의 진지에 접근했을 때 초병은 정체불명의 대상을 향하여 총을 겨누고 신원을 확인한다. 암구호를 통해 아군임이 판명되고 그가 상관임을 알게되었을 때 초병은 예를 갖춰 경례를 하게 된다.

   문제는 그 장소가 주둔지가 아니라 야영지일 때 발생한다. 야영지는 주로 적을 공격하기 위해 비밀스럽게 이동한다거나 적의 코앞에서 은 폐한다. 그때 초병의 임무는 그 어느 때보다 중요해진다. 그런데 담뱃불 하나 새나가서는 안 되는 야간에 앞에 말한 것처럼 정체불명의 누군가가 진지로 다가오면 초병은 정해진 룰에 따라 신원을 확인하고 확인이 되면 지체 없이 앞엣총을 하면서 경례를 한다. '충성'이라고 큰 소리로 외치는 것이다. 그 소리가 작으면 초병은 그 자리에서 심한 얼차려를 받는다.

얼마나 어처구니없는 일인가. 적의 코앞에 대고 우리가 너희들을 공격하러 왔으니 빨리 죽여 달라는 소리밖에 더 되겠는가. 아무리 훈련이라고는 하지만, 코미디가 따로 없다. 실전을 위한 훈련이 아니라 지휘관의 권위를 유지하고 높이려는 형식에 불과하다.

나는 그러한 형식적 행태를 이해할 수 없었다. 그런데 민병돈 장군이 그 점을 꼬집어 말했다. 자신이 지휘하는 부대에서는 절대 그런 행동을 하지 못하게 했다고 말했다. 역시 훌륭한 지휘관이라는 생각을 했다. 훌륭한 지휘관은 본질을 꿰뚫고 부대를 본질에 보다 쉽게 접근할 수 있도록 유도하는 자다.

초병의 문제와 상반되어 보이는 예가 있다. 야영지에 나가면 각 사병들은 자신의 철모와 전투복은 물론이고 장갑차와 진지까지 완전 위장한다. 산속에서 행하는 가장 효과적은 위장은 나뭇가지를 덮어씌우는 일이다. 사병들은 나뭇가지를 부러뜨려 위장을 한다. 위장을 위해 잔가지가 아니라 거의 나무 하나를 통째로 꺾어낸다. 잔가지로 위장을 하면 손도 많이 갈뿐더러 효과가 떨어진다. 수없이 많은 나무들이 영문도 모르는 채 굵은 가지를 내주어야 한다. 그리고 반나절이 지나, 어느 때는 10분 후에 그 자리에서 다른 지역으로 이동을 한다.

그 같은 행위는 실전이라면 너무도 당연한 일이다. 10분이 아니라 1

분을 머물더라도 철저하게 위장을 해야 한다. 그러나 이것은 훈련이다. 훈련을 위해서 그렇게 무자비하게 삼림을 훼손해도 되는 것인가. 이 역시 무의미한 형식주의일 뿐이다. 위장은 그렇게 수없이 반복해야 할 만큼 숙련된 훈련이 필요하지 않다.

반복된 훈련을 통해 몸에 익혀야 하는 것은 따로 있다. 가장 좋은 예가 제식훈련이다. 어찌 보면 제식훈련은 가장 무의미한 일로 비칠 수 있다. 총알이 쏟아지는 실전에서 '앞으로 가, 뒤로 돌아가, 발맞추어 가' 가 무슨 소용이 있다는 말인가. 제식훈련은 전투력과 아무런 상관이 없어 보인다. 그러나 숙련된 제식훈련이야말로 최강의 전투력을 유지시킨다.

실제 전쟁이 터지면 전장은 아수라장이 된다. 전투에서 승리하는 자는 질서를 유지하는 자다. 혼란 속에서 일사분란하게 대열을 유지하며, 상관의 지휘명령에 따라 공격과 철수를 효율적으로 수행할 수 있는 부대가 승리하는 것이다. 질서를 유지하고 지휘관과 커뮤니케이션을 유지할 수 있는 가장 기초적인 훈련이 바로 제식훈련이라는 생각을 갖게 되었다.

전투력의 기본은 사격과 제식이다. 사격은 특별한 기술과 훈련을 필요로 한다. 제식은 일상적 반복 과정을 통해 몸에 익혀야 하는 일이다. 그리고 나머지는 각자가 살기 위해 알아서 하는 것이다. 이것이 내가 소대를 지휘하면서 지각하게 된 전투력의 본질이다.

손자는 궁녀들을 세워놓고 제식훈련을 시켰다. 오합지졸이었으나 한 궁녀의 목이 그 자리에서 떨어지자 일사분란하게 움직였다. 강압이나 공포를 통해 부대를 통제할 수 있다. 그러나 그것은 어디까지나 일시적인 것에 불과하다. 군은 획일 속에 묶여 있으나 다양한 성향을 가진 사람들로 구성되어 있다. 훌륭한 지휘관은 사안의 본질을 꿰뚫고 있어야 한다. 위와 아래의 의견을 조율하고 효율적으로 소통시켜야 한다. 획일화된 형식에서 벗어나 다양한 접근과 시도가 이루어져야 하는 것이다.

나는 군 생활을 하면서 형식이 가지고 있는 위험성을 절감했으며, 중간자로서의 책임과 의무를 어떻게 수행해야 하는지 배웠다. 그 점이 내가 군 생활을 통해 배운 가장 값진 교훈이었다.

어머니의 빨래비누와
이 시대의 효(孝)

어머니는 충남 예산 삽다리 읍내 농장집의 딸이었다. 시골에서는 남부럽지 않은 부잣집 딸이었으나 말단 공무원이셨던 아버지에게 시집와서 어려운 시절을 보내셨다. 풍족하지 않은 아버지의 월급을 알뜰하게 모아 일꾼을 부려 손수 집을 짓기도 하셨다.

내가 세 살 때 우리 가족은 상도2동 아랫동네에서 세를 살았다. 주인집 아주머니는 유난히 괄시가 심했다. 내가 같은 또래의 주인집 아들과 놀다가 작은 다툼이라도 일어나서 주인집 아들이 울기라도 할라치면 아주머니는 경우를 따지지 않고 나만을 호되게 꾸짖었고, 어머니는 이마가 땅에 닿을 만큼 사죄를 해야 했다. 집 없는 설움을 나는 불과 세 살 때 알았다.

어머니는 지독하리만큼 알뜰하셨다. 어머니는 빨래비누 값을 아끼기 위해 밤골에서 영도시장까지 빈 고무다라를 들고 걸어가셨다. 어머니가 무거운 고무다라를 다시 머리에 이고 집으로 돌아오셨을 때 그

안에는 폐유로 만든 재생비누가 가득 담겨져 있었다.

재생비누가 일반비누보다 얼마나 싼지 나는 모른다. 그러나 그러한 억척스러움 때문에 지금의 내가 있을 수 있음은 분명하다. 칠순이 넘으신 어머니는 퇴행성 관절로 고생하고 계시다. 아마도 무거운 비누를 머리에 이고 그 먼 길을 다니시느라 관절이 다 상하신 것 같다. 어머니는 그렇게 생활비를 아끼시면서도 자식들에게는 부족한 것이 없도록 최선을 다하셨다.

초등학교 1학년 때 나는 옷도 깔끔하게 입고 다녔다. 사람들은 내가 공부도 잘하고 옷도 잘 입고 다녔기 때문에 당연하게 부잣집 아들이라고 생각했던 모양이다. 당시 우리 사회에는 치맛바람이 아주 거셌다. 그러나 어머니는 단 한번도 선생님께 촌지를 갖다주거나 학부모회에 나가지 않으셨다. 학부모회에 열성적이었던 친구 어머니나 선생님이 몇 번 전갈을 보냈으나 어머니는 무심히 넘길 뿐 학교에 가지 않으셨다.

그러던 어느 날 급기야 친구 어머니 두 분이 나를 따라 집까지 찾아왔다. 집까지 걸어오면서 어린 나이에도 기분이 몹시 불쾌했다. 친구 어머니는 우리 집을 한번 쭉 훑어보고는 어머니께 학부모회비만 받아 가지고 가 버렸다.

그리고 얼마 후에 생활통지표를 받았다. 모든 과목이 '수'였는데 유독 체육만 '미'였다. 초등학교 1학년의 체육은 객관적인 평가가 불가능한 과목이었다. 생활통지표를 받아 보신 어머니는 허탈하게 웃으셨다. 나는 내가 왜 체육에서 '미'를 받아야 했는지 어렴풋하게나마 알 수 있었다. 아버지는 내 머리를 쓰다듬으시며,

"원래 공부 잘하는 학생은 공부만 하기 때문에 체육을 못하는 거

다."

라고 위로해 주셨다.

어머니는 그 후에도 촌지를 들고 학교에 찾아가는 일은 없었다. 자식을 위해서라면 조금도 돈을 아끼지 않으셨지만 당신이 부당하다고 생각하는 일 앞에 고개를 숙이지는 않으셨다. 그리고 당신 앞에 닥치는 숱한 고통을 기꺼이 받아들이셨다. 어머니는 당신의 육체적 고통과 자식에 대한 애정을 맞바꾸셨다. 그 생각을 하면 지금도 가슴이 콱콱 막혀온다.

삶의 고단함과 자식에 대한 희생적 사랑이 어찌 내 어머니에게만 해당되겠는가. 우리 어머니 세대를 생각하면 그 안쓰러움이 가슴을 쓰리게 한다.

우리 어머니 세대들은 어렸을 때는 남아선호 사상의 그늘이 짙게 드리워진 때였다. 자연히 사회적 무관심 속에서 부모의 눈치를 보고 살아야 했고, 커서는 시부모와 남편의 눈치를 보고 살아야 했다. 그리고 늙어서는 며느리와 자식 눈치를 보면서 살아야 한다. 집안의 궂은 일은 모두 어머니의 몫이었고, 사회적 폭압과 남편의 폭력 앞에서도 입을 다물어야 했다. 역사적으로 격동기도 모두 거쳐야 했다. 일제 강점기부터 육이오까지. 그럼에도 우리 어머니 세대들은 현재까지 대우를 받지 못한다.

효라는 전통적 개념은 무너졌으며 노인문제는 날이 갈수록 심각해지고 있다. 개인주의적 가족관이 보편화된 상황에서 노인은 존경과 공경의 대상이 아니라 한낱 거추장스러운 존재일 뿐이다. 의학의 발달은 노령화된 사회를 촉진했다. 이제 노인문제는 각 가정의 문제로만 생각할 수 없는 상황에 이르렀다.

노인문제는 사회 행복을 유지하는 핵심적인 문제이다. 노인문제를 가족의 틀 안에서 끄집어내어 우리 사회가 공동으로 풀어나가야 한다. 늙으신 부모를 자식이 모시는 것만이 최선인가라는 물음을 던져야 한다. 아침마다 늙은 부모와 젊은 며느리가 으르렁거리면서 싸워야 한다면 그것은 모두에게 불행하다.

도시화된 삶 속에서 노인들은 철저한 외로움에 갇힐 수밖에 없다. 말이 통하지 않는 가족보다는 말이 통하는 친구들과 더 많은 시간을 가질 수 있도록 해야 한다. 안전이 보장된 환경 속에서 친구들과 취미 생활을 하며 공동의 삶을 꾸려나갈 수 있도록 만들어야 한다.

노인을 가족과 분리해서도 안 되지만 가족이라는 울타리에만 가두어서도 안 된다. 더 큰 사회적 울타리 안에서 지원을 하고 관심과 애정을 보내야 한다. 우리는 지금 과거 가족 단위의 전통적인 효를 사회 전체의 공동체적 개념으로 계승 발전시켜야 하는 숙제를 안고 있는 것이다.

우리 시대의 굳건한 허리,
475세대

🌼 최근 들어 475세대의 역할론이 대두하고 있다. 475세대란 1990년대 등장한 386세대와 대비하여 2000년대를 기준으로 볼 때 40대 나이, 70년대 학번, 50년대에 태어난 세대를 일컫는 말이다. 즉, 현 한국 사회의 중견 세대인 것이다.

나 역시 475세대다. 우리 세대는 신세대의 맏형이고 구세대의 막내다. 우리 세대는 유신체제에서 대학을 다녔다. '자유와 정의'를 열망하였으나 함부로 말할 수 없는 시대였다. 학생 단위의 활동은 엄격히 제한되었고, 집회라는 것은 꿈도 꾸지 못했다. 학내에는 학생보다 속칭 '짭새'가 더 많을 정도였다. 유인물을 돌리는 순간 어디서 나타났는지 짭새가 콕 집어 낚아채 갔고 모든 집회는 모의 단계에서 적발되었다. 폭압이 정의보다 위에 있었다.

자유를 향한 갈망이 원천적으로 봉쇄된 척박한 상황에서 학생운동의 리더는 형성될 수 없었다. 1980년대 중반에 들어서 학생들은 비로

소 움직일 수 있었다. 집회와 가두시위가 가능해졌다. 공권력의 폭압이 자행되고 있었다 해도 최소한 학내 시위는 가능하였다. 이러한 분위기 속에서 386세대로 대변되는 학생운동의 리더들이 등장하기 시작했다. 이들은 475세대의 노력과 희생을 통해서 성장할 수 있었던 것이다.

숨조차 제대로 쉴 수 없었던 학창 시절을 보낸 475세대가 사회로 나왔을 때, 한국 경제는 팽창할 대로 팽창해 있었다. 중동 붐이 막 끝나가던 시기였다. 우리의 앞 세대들은 중동 특수를 누렸다. 중동에서 2년만 고생하면 집 한 채를 마련할 수 있다는 말이 있을 정도였다. 그리고 그 앞 세대는 월남 특수를 누렸다. 월남과 중동으로 이어지면서 한국 경제는 급성장했다. 기업들도 몸집을 불려나갔다. 우리의 앞 세대들이 한국 경제 부흥의 전위대로 구슬땀을 흘렸던 만큼 재산을 증식할 수 있는 기회도 많았으며 적지 않은 혜택을 누렸던 것도 사실이다. 그러나 475세대에게 그런 기회는 주어지지 않았다.

시대는 변하고 있었다. 변화의 물결 속에서 475세대들은 구시대 형태로 일을 배웠다. 선배들의 권위에 감히 도전할 수 없었고, 휴일에도 선배가 출근을 하라면 해야 했으며 호통 속에서 수습 과정을 거쳤다. 선배가 되었을 때, 정보화 혁명을 앞세우며 신세대들이 올라왔다. 우리는 컴퓨터를 만져 보지 못한 채 대학을 졸업하고 사회에 진출하였으나 신세대로 일컬어지는 386세대들은 정보화라는 새로운 패러다임을 이끌어내고 있었다. 이들은 집단보다는 개인을 중시했고, 선배의 지시보다 자신의 주장을 앞세웠다.

475세대는 선배와 후배를 동시에 섬겨야 하는 샌드위치 세대, 일명 '낀세대'가 되었다. 위로는 구시대의 선배를 섬겨야 하고 아래로는 새로운 시대를 연 후배에게 떠밀리는 처지가 된 것이다. 475세대가 사회의 중간 책임자가 되었을 때 IMF가 터졌다. 엄청난 구조조정이 실시되었고, 그 포화의 가장 큰 피해자는 475세대였다. 참으로 불운한 세대다.

이러한 475세대가 현 시대의 조명을 받고 있는 이유는 사회 불안과 갈등을 해결하고 조정할 수 있는 적임자이기 때문이다. 475세대는 통기타 시대의 낭만과 멋을 알고 있으며, 아날로그적 인간애를 가지고 있다. 선배를 섬기고 부모에게 전통적 효를 실천하는 마지막 세대다. 구세대의 막내이며 신세대의 맏형으로서 세대 간의 격차를 줄일 수 있다. 젊지는 않으나 열정과 패기가 있고, 늙지는 않으나 사회적 경륜과 경험이 풍부하다. 유연한 사고와 실행이 동시에 가능한 세대이다. 사회의 허리로써 본격적인 역할을 수행해야 하는 이유가 바로 여기에 있다.

475세대는 '자유와 정의'에 대해 목말라했던 만큼 '자유'에 대한 정확한 시각과 신념을 가지고 있다. '자유'라는 이름이 구세대에 의해 맹목적 '보수'로 악용되거나 신세대에 의해 파괴적 '개혁'으로 변질되는 것을 막을 수 있는 세대다. 이제 우리는 반목과 대립을 넘어 통합의 시대로 가야 한다. 475세대가 바로 그 견인차인 것이다.

야당 당보에 상업광고를 싣다

🌱 12월 첫날 아침, 지하철 입구에서 무료로 배포하는 타블로이드판 일간지를 받아들고 깜짝 놀랐다. 1면 전체가 광고로 채워져 있었던 것이다. 무료 일간지 시장의 경쟁이 날이 갈수록 심해지고 있다는 것은 알고 있었으나 이 정도일 줄은 몰랐다. '데일리포커스', '메트로'에 이어 문화일보까지 'AM7'을 발행해 무가지 시장에 뛰어들면서 경쟁은 불이 붙었다. 그리고 광고 유치 경쟁을 치열하게 벌여오던 이들 신문은 이제 1면을 전면광고로 채우는 파격에까지 이른 것이다.

나 역시 야당 당보에 상업광고를 싣는, 그야말로 아무도 상상하지 못했던 일을 해낸 적이 있었다. '당보 광고'라는 개념조차 없던 시절이었다. 그때가 1988년 일이다.

스물아홉이라는 어린 나이에 평민당 편집국장을 맡은 나는 편집국에 들어가자 마자 세 가지 획기적인 시스템을 도입하려 했다. 첫째, 당보에 상업광고를 싣는다. 둘째, 지방 주재 기자를 둔다. 셋째, 유료가판대를 설치한다. 나의 이 세 가지 제안은 혁명에 가까운 일이었다. 당시 어느 기관지도 상업광고를 게재하는 곳은 없었으며, 더욱이 야당으로서 광고는 고사하고 당보를 발행하는 일조차 탄압의 대상이었던 시절이었다.

대부분의 인쇄소들이 야당 당보의 인쇄를 꺼렸으므로 현금을 주고도 사정을 해야 하는 형편이었다. 그렇다고 해서 돈이 풍족한 것도 아니었다. 인쇄비를 충당할 만큼 당 운영비는 넉넉지 않았다. 인쇄비를 마련하지 못해 주간 발행을 격주로 해야 하는 경우도 허다했다.

정치자금법이 없던 시절이라 야당은 극심한 재정난에 시달릴 수밖에 없는 구조였고, 그런 상황에서 당보 활성화는 사치였다. 그러나 당시 김대중 총재는 홍보의 중요성에 무게를 두고 있었으며, 당보의 활용에 관심이 많았다.

나는 당보에 상업광고를 게재할 것을 주장했다. 신문다운 신문으로써 안정감과 신뢰감을 줄 수 있을 뿐 아니라 재정난에 조금이라도 기여할 수 있으리라는 기대였다. 모든 사람들이 고개를 설레설레 흔들었다. 그런 제의를 받는 것만으로도 기업에서는 심장이 멈출 일이었다. 사람들은 생각도 할 수 없는 일이라고 했지만 나는 자신이 있었다.

우선 88올림픽 관련 광고를 1면 5단통으로 실었다. 당시 올림픽의 성공은 모든 국민의 염원이었다. 국민의 염원을 담은 공익광고를 두 번 실었다. 올림픽 성공을 기원한다는데 문제 삼을 사람은 아무도 없었다. 그 다음 농협 광고를 무료로 실었다. 쌀 개방 문제로 사회가 혼란스러울 때였으므로 농협 광고는 자연스러웠다. 공익광고를 두 번 더 실었다.

당보를 받아든 사람들은 난생 처음 보는 광고면에 놀라워했지만 어색하게 여기지는 않았다. 신화는 이미 만들어졌고 금기는 이미 깨졌다. 나는 기업에게 적극적으로 요청했다. 처음에는 무척 난감해하며 망설이던 기업들이 하나 둘 요청을 받아들였다. 그 후 매번 발행 때마다 두세 개의 유료광고가 안정적으로 들어왔다. 이를 통해 인쇄비의 60% 이상을 충당할 수 있었다.

광고 게재와 함께 지방 주재 기자제도 도입을 추진했다. 기사를 내실화하고 지방 활용도를 높이려는 계획이었다. 각 지구당에 지방 주재 기자를 한 명씩 두어 현장의 생생한 기사를 수집해 올리는 일이었다. 지방 주재 기자제를 실시하고 나서 기사가 알차진 것은 말할 것도 없고 당보의 유실도 줄어들었다.

그 전까지 중앙당에서 각 지구당으로 내려 보낸 3천 부의 당보는 한 구석에 쳐 박혀 있다가 휴지통에 그대로 버려지는 일이 허다했다. 배포 인력과 비용 문제 때문이었다. 그러나 주재 기자를 두고 나서는 사정이 달라졌다. 자신의 기사가 실린 당보를 함부로 하지 못했다. 주재 기자들은 애정을 가지고 당보를 배포하기 시작했다.

나는 그것에 그치지 않았다. 과거 신민당보였던 '민주전선'이 유일한 언로였고 이를 통해 많은 국민들이 진실에 다가설 수 있었던 것처럼, 나는 더 많은 국민들에게 진실을 전달하고 싶었다. 그리하여 지하철 입구와 거리에 가판대를 설치했다. 가판대에 놓인 당보는 유료였으나 많은 시민들이 기꺼이 돈을 내고 당보를 집어들었다.

내가 편집국장직을 그만두고 나서 지방 주재 기자제도와 가판대 운영은 없어졌다. 그러나 광고는 지금까지 계속 이어지고 있다. 내가 처음 시도한 '당보 광고'는 다른 당에도 영향을 미쳐 얼마 후 여당에서도 광고를 싣기 시작했다. 그리고 광고 유치 경쟁이 벌어졌다. 그렇다고 해서 광고를 얻기 위해 기업에게 압력을 가하거나 광고 자체에 생

평민당 편집국장 시절.
김대중 총재를 인터뷰하는 일이 많았다.
총재는 당보의 중요성을 늘 강조했다.

사를 걸지는 않는다. 내가 광고를 유치한 이유는 당보에 담긴 내용을 더 많은 국민에게 전달하기 위해서였으며, 광고 자체가 목적은 아니었다.

무료 신문은 어차피 광고로 승부하는 매체다. 그러나 무료 신문도 엄연한 언론 매체다. 광고가 목적이 되고 기사가 수단이 될 수는 없다. 만일 광고가 주가 되고 기사가 부가 된다면 그 신문은 이미 신문이 아니라 광고지일 뿐이다. 물론 고급 광고지를 무료로 배포한다고 해서 나쁠 건 없으며 비난할 사람도 없다. 그러나 본질은 광고지이면서 신문인 척해서는 안 된다. 이는 독자를 속이고 우롱하는 일이며 본질을 왜곡하는 일이다.

나는 무료 신문들이 스스로 신문임을 포기하는 일이 없길 바란다. 이들 무가지가 아니더라도 우리 사회 곳곳에는 이미 본질을 왜곡시키는 요소들이 충분히 널려 있다.

대통령 앞에서 방귀뀐 놈

🌼 동작구 대방동에 있는 열린정책포럼 사무실에 사진 한 장이 걸려 있다. 김대중 전 대통령 내외와 우리 일가족이 제주도 중문에서 찍은 사진이다. 사진에는 1996년 8월 17일이라는 날짜가 박혀 있다. 그 사진을 볼 때마다 나는 웃음이 난다. 아들녀석이 당시 김대중 총재 앞에서 과감하게 방귀를 뀐 일이 생각나서이다.

그때 우리 가족 외에도 대선 기획단 가족 모두가 제주도에 내려와 있었다. 김대중 총재가 괌에서 3박 4일간의 휴가를 마치고 귀국하자마자 당시 괌 구상을 발표하고 제주도로 대선 기획단을 비밀리에 소집했다.

대선 기획단이 구성된 건 1996년 4월 총선이 끝난 직후였다. 김대중 총재가 정계에 복귀한 후 새정치국민회의를 창당했고, 주변에서 총선의 승리를 의심하지 않았다. 모두들 국민회의가 제1당이 되리라는 기대감을 가지고 있었다. 그러나 뚜껑을 열고 보니 참담한 패배였다. 중진들이 줄줄이 낙선을 했고, 1997년 차기 집권마저 불투명해지고 말았다.

그러나 나는 총선의 패배가 대선의 승리로 이어지리라는 것을 확신했다. 4·11총선은 DJ단독으로는 집권할 수 없다는 것을 여실히 보여준 사건이었다. 새로운 방법을 모색해야만 했다. 나는 김대중 총재가 설령 대통령이 못된다 해도 반드시 국민회의를 여당으로 만들 것이라고 확신했다.

낙선의 고배를 마신 중진들의 얼굴엔 김대중 총재에 대한 원망의 기색이 역력했다. 나는 한 중진에게 말했다.

'절대 총재를 원망하지 마라. 총재를 원망하든 안 하든 총선에서 실패한 것은 기정사실이고 국민회의가 존재하는 것은 역시 현실이다. 이번 총선의 실패는 차기 대선의 승리를 예고한다. DJ 지지세력만으로는 집권에 성공할 수 없다는 것을 증명했기 때문이다. 연대가 아니라면 제3의 후보를 내세워야 한다.'

그 당시 자민련은 충청권에서 대세를 장악했다. 그리고 신한국당의 부정 선거를 공격하고 있었다. 나는 모 중진에게 계속 주장했다.

'자민련과 연대하여 부정 선거를 규탄하자. 그리고 JP와의 연합을 모색하자. 지금은 총선 실패에 대한 원망보다 국민회의의 앞날을 걱정해야 할 때다.'

그 일이 있은 후 당시 이강래 간사에게 전화가 왔다. 김대중 총재가 찾으시니 4월 29일 코리아나호텔 '대상해' 음식점으로 나오라는 내용이었다. 오후 5시에 약속장소에 갔다. 그곳에 이종찬, 임동원, 나종일, 정세균, 김홍업, 황용배, 박금옥, 천정배, 정동채, 배기선 등이 모였다. 김대중 총재는 말했다.

대선 기획단이
제주도에 모였을 당시
김대중 총재 내외와 함께
필자 일가족이 포즈를 취했다.

"여기 모인 사람들이 대선 기획팀이다."

모인 사람들 가운데 내가 최연소자였다. 김대중 총재가 직접 뽑아 구성한 대선 기획팀은 이후 대선이 끝날 때까지 유지되면서 1997년 6월에 김한길, 장성민 등이 보강되었다. 대선 기획팀은 열띤 토론을 벌였고 획기적인 아이디어를 만들어냈다.

언젠가 한번은 총재께 이런 제안을 하기도 했다. 상대측에서 총재의 연령과 건강을 가지고 문제 삼을 공산이 높기 때문에 수영장에 자주 다니는 모습을 보여주라고 제안했다. 총재는 바닷가 출신이라 워낙에 수영을 잘 하셨으며 그 모습이 충분히 건강을 과시할 만했다. 총재는 알았다고 대답을 했다. 한참 지난 뒤에 총재는 그 일을 가지고 '현실성 있는 얘기를 해야지, 노인네 보고 수영을 다니라면 그게 말이 되느냐.' 라고 말씀하셨다는 얘기를 듣고 웃기도 했다. 어찌 되었건 총재는 대통령 취임 후 일주일에 한두 번씩 수영으로 체력 관리를 하셨다.

대선 기획단이 구성되고 바쁜 몇 달을 보냈다. 8월 13일 괌에서 귀국한 총재는 8월 15일에 모두 제주도로 모이라고 지시했다. 일하느라 휴가도 못 갔을 터이니 가족과 함께 오라는 전갈이었다. 휴가 겸 회의였다. 당시 이종찬 단장의 소개로 씨─빌리지 호텔에 숙소를 정했다. 대선 기획단과 가족들이 모두 모인 다음날 김대중 총재가 박지원 특보 가족과 함께 제주도로 내려왔다.

회의가 진행되는 중간 중간에 기획단원들은 잠깐씩 중문 해수욕장에 나갔다. 가족들은 해수욕을 즐기고 있었다. 그런데 수영을 하던 딸 지원이가 너무 멀리 나가고 있었다. 파도가 높았다. 아내는 자리에서 일어나,

"지원아! 지원아!"

하며 딸의 이름을 소리쳐 불렀다. 엄마가 자꾸 불러대자 지원이는 낮은 바다로 돌아왔다. 아내가 안심하자 박지원 특보가 아내에게 다가가 농담을 던졌다.

"자꾸 지원아, 지원아 하지 마세요. 듣는 지원이 기분 나쁩니다."

그 말에 주변에 있던 모든 사람들이 한바탕 웃기도 했다.

회의를 끝내고 대선 기획단 모두는 가족과 함께 주변 관광에 나섰다. 호텔에서 내준 버스를 타고 이동하고 있었다. 총재 바로 뒷자리에 내 아들이 앉았다. 그런데 아들녀석이 방귀를 뀌었다. 아들 옆에 앉아 있던 내가 얼른 창문을 열어 환기를 했지만 자수를 시키기도 가만히 있기도 참 애매한 상황이었다. 그저 웃음만 나올 뿐이었다.

우리 가족은 가끔 그 일을 두고 아들에게 '대통령 앞에서 방귀를 뀐 놈' 이라고 놀리곤 한다. 숨 가쁜 여름이었으나 그 어느 때보다 보람되고 즐거운 한때였다.

비켜갈 수도 있었던 IMF

🌱 1997년 9월, 나는 일산의 김대중 총재 자택을 찾았다. '이경규에서 스필버그까지'라는 제목의 단행본 발간을 보고하기 위해서였다. '이경규에서 스필버그까지'는 20~30대 독자층을 겨냥한 김대중 총재의 글 모음집이었다.

나는 이 책의 출간을 건의, 기획했고 세간의 관심을 끌어냈다. 발행처는 조선일보사였다. 국민회의와 적대적 관계에 있던 언론사에서 책을 발행한다는 것도 주목받을 만했고, 무엇보다 내용과 구성이 재미있었다. 결과적으로 교보문고에서 3주간 베스트셀러 자리를 차지했으며 인세도 꽤 많이 받았다.

내가 가제본이 된 책을 들고 일산을 찾았을 때 총재는 마침 여성대회 참석차 대전으로 내려가려는 참이었다. 총재는 나에게 차에 타라고 했다. 서울역까지 같이 가면서 차 안에서 보고하라는 얘기였다. 승용

차가 성산대교쯤에 이르렀을 때 보고가 끝났다. 서울역에 도착하기까지는 얼마간의 시간이 있었다.

나는 총재께 CNN과 인터뷰할 것을 제안했다. 당시 6월부터 태국에 불어 닥친 금융위기는 동남아 전 지역을 휩쓸고 있었다. 일각에서는 한국도 위험한 것이 아니냐는 불안이 일고 있었다. 그러나 정부 당국자들은 한국 기업과 경제는 펀드멘탈이 튼튼하다며 방관하고 있었다. 내가 알고 있는 내용과 달랐다. 무역업에 종사하는 지인들의 얘기는 한화가 달러로 환전이 되지 않아 난리가 아니라고 했다. 외국에서 환전을 꺼리고 있다는 것은 한국 경제를 신뢰하지 않는다는 직접적인 증거였다. 간과할 상황이 아니었다.

그러나 한편, 동남아에서는 유일하게 말레이시아가 금융위기를 맞지 않았다. 마하티르 말레이시아 대통령은 말레이시아 금융정책에 대한 비전을 확실하게 보여주었다. 전 세계에 신뢰를 준 것이다. 그로인해 말레이시아는 금융위기에서 벗어날 수 있었다.

국내 회사원들 사이에서는 이미 금융 불안이 일고 있었다. 그러나 정부와 언론은 외면하고 있었다. 나는 김대중 총재에게 상황이 심상치 않으니 마하티르 대통령처럼 CNN과 토론할 것을 건의했다. 경제적 식견과 한국 경제의 확신을 주어야 한다. 그리고 집권 시 비전을 제시한다면 우리 경제와 대선에 큰 도움이 될 것이라고 말했다.

총재는 한참 생각하시더니 '내가 CNN과 인터뷰를 해서 세계적 관심을 끌려면 남북문제를 가지고 해야 할 것이다. 그래야 CNN 쪽에서도 인터뷰 요청에 응할 것이다.' 라고 말씀하셨다. 나는 총재의 말에 수긍했다. 총재는 좋은 아이디어이니 추진해 보라고 지시했다.

내가 직접 할 수 있었으나 내 영역이 아니었으므로 유재건 비서실장과 이종찬 대선 기획단장에게 이 같은 사항을 보고하고 인터뷰 추진을 적극 건의했다. 그러나 일은 전혀 진행되지 않았다. 몇 번을 얘기했으나 CNN과의 인터뷰 건은 시작조차 되지 않았다. 그러는 사이 11월이 되었고 우리 경제는 IMF의 통제 하에 들어가야만 했다. 나는 땅을 쳤다. 그러나 땅을 쳐본들 돌이킬 수는 없는 일이었다.

　어느 날 최규선이 나를 찾아왔다. 클린턴 미 대통령의 대선 참모였던 스테파노폴로스 초청 건을 상의하기 위해서였다. 나는 그에게 CNN과의 인터뷰 건을 이야기하면서 어쩌면 IMF체제를 비켜갈 수도 있었으며 손쉽게 대선을 치를 수도 있었다는 아쉬움을 토로했다.
　최규선은 내 이야기에 흥미를 보였다. 그리고 보름이 지난 12월 3일. 최규선의 주선으로 조지 소로스, 마이클 잭슨, 알 왈리드 왕자, 유종근 전북도지사가 신라호텔에서 영상 대담을 가졌다. 그 일을 계기로 최규선은 김대중 대통령의 신임을 얻게 되었다.

마이클 잭슨과
김대중 총재의 제안

대통령의 아들을 구속시키면서 온 나라를 발칵 뒤집어 놓았던 최규선 때문에 진땀을 흘린 적이 있었다.

김대중 전 대통령이 아직 대통령으로 당선되기 전 최규선은 한국을 방문한 마이클 잭슨을 김대중 총재와 만나게 하면 어떻겠냐는 제안을 하였다. 당 관계자들은 반대했다. 나는 왜 반대하는지 그 이유를 알 수 없었다. 나중에 알고 보니 반대하는 것이 아니라 최규선의 말을 신뢰하지 않고 있었던 것이다.

그러던 어느 날 내가 총재단 회의에 배석하고 있는데 부산에서 전화가 왔다. 김대중 총재였다. 오늘 1시 30분에 아태재단 사무실에서 마이클 잭슨을 만나기로 했으니 준비를 하라는 지시였다. 시계를 보니 아침 9시 30분이었다. 준비된 자료를 가지고 12시 50분까지 공항으로 나가 아태재단까지 이동하면서 보고를 해야 했다.

난감한 일이었다. 야당 총재가 세계 유명 가수를 만나서 무슨 얘기를 해야 하는지, 그보다 먼저 왜 만나야 하는지, 만나서 무엇을 이끌어 내야 할지 막막하기만 했다. 명쾌한 주제가 필요했다. 인터넷으로 마이클 잭슨의 홈페이지를 검색한 결과 당시 그는 체코의 하벨, 바웬사, 지미카터, 만델라 등의 세계 지도자와 같이 세계 평화를 기원하는 음반제작을 기획하고 있었다. 나는 '평화'를 주제로 삼아 두 가지 방안을 생각했다.

첫째, 마이클 잭슨이 김대중 총재를 만난 자리에서 먼저 한 가지 제안을 한다. 당신은 세계 인권 운동가이자 민주화 운동의 지도자로서 세계 평화를 기원하는 음반제작에 참여해 달라. 총재는 그 제안을 흔쾌히 수락한다. 둘째, 제안을 받아들인 총재가 마이클 잭슨에게 역 제의를 한다. 한국은 세계 유일의 분단국이다. 내가 남북 평화를 기원하는 시를 쓸 테니 당신이 내 시에 곡을 붙여 노래를 불러 달라. 마이클 잭슨은 그 제의를 받아들인다.

이렇게 생각을 정리하고 최규선에게 전화를 했다. 당시 최규선은 마이클 잭슨과 함께 롯데월드 호텔에 있었다. 나는 최규선에게 위와 같은 두 가지 제안을 마이클 잭슨에게 하고 그의 생각을 물으라고 했다. 얼마 후 최규선에게 전화가 왔다. 마이클 잭슨이 두 가지 모두 좋다고 했다는 내용이었다. 나는 최규선에게 몇 번씩 확인을 했다. 마이클 잭슨이 먼저 총재에게 세계 평화 음반에 동참해 줄 것을 제안하겠다고 했는가, 마이클 잭슨이 총재의 제안을 받아들이겠다고 했는가? 최규선은 그렇다며 걱정 말라고 했다.

나는 공항으로 달려갔다. 공항에서 아태재단까지 오면서 나는 보고했다. 마이클 잭슨은 이런 사람이고 오늘 만남의 컨셉은 이거다. 총재

청와대 정무비서관 시절.
앞줄 오른쪽에서 네 번째가 필자.

께서는 알았다며 고개를 끄덕였다. 총재는 마이클 잭슨을 만나서 먼저 휘호를 써주었다. 마이클 잭슨은 무척 좋아했다. 그런데 그 다음 아무런 얘기를 하지 않는 것이다. 총재에게 평화 음반제작 건을 제안해야 하는데 입을 열지 않았다.

나는 최규선을 밖으로 끄집어내 어떻게 된 거냐고 물었다. 최규선은 이제 곧 제안을 할 것이니 기다리라고 했다. 그러나 마이클 잭슨은 입을 열지 않았다. 나는 몇 번 더 최규선을 밖으로 끌어냈다. 소식은 없었고 시간은 흘러가고 있었다. 나는 최규선에게 화를 내며 빨리 제안을 하라 이르라며 화를 냈다. 잠시 후 마이클 잭슨이 말하기를 '김대중 총재가 노래를 잘 하는지 못하는지 내가 알지도 못하는데 어떻게 그런 제의를 하느냐.'고 했다는 것이다.

나는 황당했다. 처음부터 내 말을 마이클 잭슨에게 전달도 하지 않은 것 같았다. 만일 내 제의를 마이클 잭슨이 거부한다면 만남이 성사되지 못할 수도 있다는 우려 때문인 듯했다. 결과적으로 나는 총재에게 거짓 보고를 한 셈이 되었고 오늘의 만남은 그림이 있으나 내용이 없는 무의미한 만남이 될 위기였다.

그때 김대중 총재가 마이클 잭슨에게 한 가지 제안을 했다. 총재는 마이클 잭슨이 구체적인 제안을 하지 않자 아주 신중하게 조건을 달아먼저 말씀을 했던 것이다. '만일 내가 한국의 대통령이 된다면' 이라는 전제를 달았다. 그리고 '내가 한국의 평화를 기원하는 노랫말을 쓸 테니 당신이 내 노랫말에 곡을 붙여서 불러주겠느냐.' 마이클 잭슨은 흔쾌히 그 제의를 받아들였다.

주요 메시지는 전달이 되었고, 만남은 성공적으로 끝이 났다. 김대중 총재의 순발력과 지도자로서의 자질을 다시 한번 확인한 순간이었다.

합쳐지고 강화되면서

✿ 청와대에서 근무할 당시 나는 본의 아니게 늘 합쳐지는 업무를 했다. '국정홍보 비서실' 과 '정책조사 비서실' 이 합쳐져 '국정홍보조사 비서실' 이 되었을 때 나는 그 일을 맡았으며, '국정홍보조사 비서실' 과 '행사기획 비서실' 이 다시 합쳐져 '행정조사 비서실' 이 되었을 때도 나는 그곳에 있었다.

국민의 정부가 출범하면서 '행사기획 비서실' 이 처음 생겼다. 당시 '행사기획 비서실' 은 대통령의 일정과 메시지를 관리하는 매우 중요한 비서실이었으며 경호실, 의전 비서실, 해당 소관 비서실의 의견을 통합 조정하는 기능을 담당하고 있었다. 그러나 초기였던 탓에 그 기능이 제대로 자리 잡지 못하고 있었다. 각 실에서는 '행사기획 비서실' 이 여러 의견을 조정하기보다 오히려 거치적거리기만 한다는 불만이 조금씩 생겨나고 있었다.

그 당시 '법무 비서관실'이 현재의 '민정수석실'의 역할을 수행하고 있었다. '민정수석실'이 신설되면서 청와대 운영 체제가 대폭적으로 개편되는 작업이 진행되었다. 그 일을 김중권 대통령 비서실장, 김한길 정책기획수석과 함께 '국정홍보조사 비서관'이었던 내가 실무를 맡아서 진행했다.

그때 '행사기획 비서실'을 없애자는 의견이 나왔다. 나는 반대했다. '행사기획 비서실'은 유지되었고 새로운 '행사기획 비서관'이 필요했다. 적합한 인물을 찾지 못한 채 며칠이 지나갔다. 그러던 어느 날 김중권 대통령 비서실장이 나를 불렀다. '행사기획 비서실'을 맡으라는 것이었다. 대통령이 직접 지명했다며 신임이 두텁다는 얘기도 했다.

나는 '행사기획 비서실'을 아주 단단한 비서실로 정립시켰다. 경호실, 의전 비서실, 소관 비서실의 의견을 통합 조정했으며 '행사기획 비서실' 중심으로 대통령의 모든 일정과 메시지를 관리했다. 그와 함께 '국정홍보조사 비서실'이 해체되면서 여론조사 업무까지 맡았다. 이로써 '행사기획 비서실'은 국정홍보 업무와 정책조사 업무, 행사기획 업무를 통합한 부동의 비서실로 확립되었다. 그렇게 체계를 잡아놓은 '행사기획 비서실'은 아직까지 그 기능을 유지하고 있다.

2001년이 되던 해에 대통령 비서실장이 나를 다시 불렀다. '국정상황실'을 맡으라는 것이었다. 당시 '국정상황실'은 실장이 과로로 쓰러져서 제 기능을 수행하지 못하고 있던 상황이었다. '국정상황실'은 대단히 중요하고 어려운 자리였다. 그리고 나는 '행사기획 비서실'에 한창 열정을 쏟아 붓고 있던 상황이었다. '행사기획 비서실'을 통해 성공한 대통령을 만들 수 있다는 신념을 가지고 있었던 때였다. 나는 고사했다. 그러나 이미 결정된 상황이었다. 대통령이 '국정상황실'의

국정홍보처 차장 취임식 장면.
늘 합처지는 업무 속에서
청와대 정무비서관,
정책기획비서관,
국정상황실장을 거처
국정홍보처 차장을 맡게 되었다.

강화를 지시했고 그 실장으로 나를 직접 지목했다는 것이다.

'국정상황실'의 업무는 '민정수석실'의 업무와 상당부분 겹쳐 있었다. 정보와 정책을 모니터링한다는 부분에서 크게 다를 것이 없었기 때문이다.

내가 '국정상황실'로 자리를 옮기고 나서 한 달이 지났을 무렵, 민정수석실에서 난리가 났다. '국정상황실'이 천지개벽을 했다는 얘기였다. 선임 실장의 부재로 사실상 기능이 마비되어 있던 '국정상황실'은 한 달 만에 모든 기능을 재정비하여 청와대 내에서 명실상부한 핵심 부서로 떠올랐다.

2002년 초, 일부에서 '국정상황실'을 민정수석실 안으로 흡수 통합하려는 움직임이 있었다. 그런 움직임에 대통령이 쐐기를 박았다. '현재 국정상황실이 아주 잘 돌아가고 있는데, 왜 자꾸 없애려 하느냐. 차라리 국정상황실을 민정 기능을 강화한 TFT(Task Force Team) 형태로 운영하라.'고 지시했다. 이로써 '국정상황실'은 민정수석실 기능과 정무 분석 기능을 업무분장에 공식적으로 확장하게 되었다. 나의 업무 장악력과 추진력을 유감없이 보여준 사례였다는 평가를 받았다.

그 후 2002년 9월에 나는 국정홍보처 차장으로 자리를 옮기게 되었다. 그 사연은 뒷날 다시 얘기할 기회가 있을 것이다.

9 · 11 테러가 일어나다

청와대 국정상황실에 근무할 때였다. 국정상황실의 실장이라는 자리는 누구보다 먼저 출근해서 가장 늦게 퇴근해야 하는 위치였다. 9.11 테러가 일어나던 날 나는 여느 때와 마찬가지로 가장 늦게 상황실을 나왔다. 늦은 밤, 피곤한 몸을 이끌고 집으로 가고 있는데 전화벨이 울렸다. 먼저 퇴근한 요원의 전갈이었다. 그의 목소리는 흥분해 있었다. 집에서 CNN을 보고 있는데 이상한 장면이 TV에 나온다는 것이었다. 비행기가 미국의 무역센터 빌딩에 부딪혔다는 뉴스가 나왔다는 것이다.

즉시, 차를 돌려 상황실로 돌아갔다. 대통령에게 먼저 보고했다. 최초의 보고였다. 간단한 보고를 마치고 나는 생각했다. 어떻게 대응할 것인가. 세계사를 뒤바꿀만한 사건이었다. 그러나 외국의 일이었고, 전례가 없던 일이었으므로 어느 수위에서 다루어야 할지 혼란스러웠다. 너무 크게 다루면 남의 일에 호들갑을 떠는 일이 될 것이고, 느슨

하게 대처하면 안일하다는 비판을 피할 수 없을 것이다. 갈피를 잡을 수 없었으며, 국내에 미칠 영향을 가늠할 수 없었다. 당시 청와대는 조금 어수선한 상태였다. 전날 수석들이 교체되었고, 비서실장 역시 새로 임명된 첫 날이었다.

나는 비서실장에게 전화를 걸었다. 전임 실장인 한광옥 민주당 대표가 전화를 받았다. 후임인 이상주(전, 성심여대 총장) 실장은 아직 공관에 입주하지 않고 있었던 것이다. 나는 우선 한광옥 대표에게 상황을 설명하고 민주당 차원에서 당내 지혜를 모아야 한다고 말했다. 그리고 이상주 실장 자택으로 전화를 걸었다. 사상초유의 사태가 벌어졌으니 청와대로 빨리 나오라고 했다. 세계 각국의 정부가 어떻게 대처하는지 모니터링을 하면서, 외교안보수석, 정책기획수석(당시 박지원 씨)과 협의해서 기민하게 대처해야 한다고 말했다.

전화를 끊고 나서 대통령에게 다시 보고를 했다. 지금 비서실장이 챙기고 있다고. 얼마 후 창밖을 내다보니 비서실장실에 불이 켜져 있었다. 급히 비서실로 갔다. 그러나 실장은 보이지 않았다. 다시 비서실장에게 연락을 해 보니, 외교안보수석이 그렇게 급하게 나올 필요가 없을 것 같다는 보고를 했다는 거였다. 나는 '무슨 소리냐. 한시가 급하다.'고 채근했다. 비서실장은 결국 새벽에 나왔다. 수위와 수순을 조절해야 했다.

군경은 이미 경비태세에 들어갔다. 남은 수순을 결정했다. 새벽 수석회의 소집, 국가안전보장회의 소집, 국무회의 개최, 그리고 상황을 봐서 대통령 담화를 발표한다. 이후 정부는 정해진 수순에 맞춰 기민하게 대처했다. 수석회의를 소집했을 때, 수석이 교체된 다음날이었으므로 전후임이 뒤섞여 모여들었다. 경우에 따라서는 대단한 혼란에 빠져 우왕좌왕하다가 대처할 시기를 놓칠 수도 있는 상황이었다. 그러나 국

국정상황실장 시절
최우수 모범공직자로
황조근정훈장을 수상하였다.

정상황실이 중심이 되어 매우 신속하고 깔끔하게 대처할 수 있었다.

우리 정부의 움직임에 언론들은 호평했고, 이후 비서실장은 많은 일들을 국정상황실과 상의해서 진행해 나갔다.

그 일이 있은 후 나는 청와대 최우수 모범 공무원에게 수여하는 황조근정훈장을 수상했다. 황조근정훈장은 각 부서에서 우수 모범 공무원을 추천한 후, 심사와 심의를 거쳐 수여하게 된다. 나는 국정상황실에서 말단으로 있으면서도 성실하게 자신의 책무를 다하는 직원을 추천하려 했다. 그러나 직원들은 반대했다.

당시 국정상황실 직원들은 업무량이 대단히 많았다. 그러나 그들은 하나같이 국정상황실 직원이라는데 큰 자부심을 가지고 있었다. 내가 국정상황실장으로 부임한 이후부터 직원들은 일이 많아져서 고생스럽기는 하지만 마음이 뿌듯하다고 얘기하곤 했다. 진행이 다이나믹하고 각 수석에게 즉각적인 영향을 미치고 있었기 때문에 그들은 '일하는 것 같다.' 는 얘기를 자주 했다.

그런 분위기에서 직원들은 하나같이 실장이 훈장을 받아야 한다고 했다. 다른 사람이 받으면 개인이 받는 거지만, 실장이 받으면 실 전체가 받는 것이 된다는 얘기였다. 나는 그들의 의견을 받아들였다. 각 수석실에서 1급 공무원들을 천거했다. 그리고 서로의 공을 내세우며 왈가왈부했다. 결론이 쉽게 나지 않았으므로 투표로 결정하기로 했다. 나는 천거인이 아니라 수상 대상자이었으므로 투표에서 빠졌다. 결과는 내가 1등으로 나왔다.

그렇게 해서 결국 황조근정훈장을 받게 되었지만, 이 훈장은 내 개인의 영광이 아니라 국정상황실 전 직원에게 돌아가야 할 모두의 영광이었다.

청와대를 스튜디오로 만들다

공간은 열려 있어야 한다. 닫힌 공간은 이미 공간으로써의 기능을 상실한다. 특히 닫힌 공간에서 이루어지는 정치는 독재로 변질될 수 있다. 그런 의미에서 나는 언제나 열린 공간을 추구해 왔다. 열린 공간은 건축물로써의 물리적 공간만을 의미하지는 않는다. 사고와 감정이라는 정신적 무형의 공간 역시 열림을 필요로 한다.

내가 청와대 정책기획 비서관으로 근무하던 1999년 일이다. 당시 MBC 방송국에서 '칭찬합시다' 라는 프로그램이 큰 인기를 모으고 있었다. 릴레이 형태로 칭찬 받은 사람이 또 다른 사람을 칭찬해 주는 방송이었는데, 이러한 방식은 하나의 오락 프로그램을 넘어 사회 문화로까지 발전해 나가고 있었다. '칭찬합시다' 에 출연하는 칭찬 주인공들은 언제나 감동을 주었다. 나는 그 방송을 즐겨 보았고 매 방송마다 눈물이 그렁그렁 맺히곤 했다. 전 국민의 호응 속에서 방영되던 그 프로그램은 어느덧 100번째 주인공을 기다리고 있었다.

나는 그 100명의 주인공을 청와대로 초청해 대통령과 오찬 행사를 마련하고 싶었다. 우리 사회에 진한 감동과 인간애를 전해준 프로그램이었기에 충분히 가치 있는 일이라고 확신했다. 그러나 선뜻 수화기를 들지 못했다. 아무리 의미 있는 일이라고는 하나 청와대가 방송에 관여한다는 오해와 비난을 살 여지가 있었다. 몇 번을 망설이다가 '칭찬합시다' 책임 프로듀서인 김영희 PD에게 전화를 걸어 내 생각을 전했다.

김 PD는 너무 좋은 생각이라며 감사해했다. 그리고 그 행사를 방송으로 내보내고 싶다고 했다. 100번째 주인공을 김대중 대통령으로 하고 싶다는 얘기였다. 김 PD는 지금까지 김대중 대통령을 칭찬 주인공으로 추천하는 사람들이 많았으나 감히 연락하지 못했다는 설명을 덧붙였다. 사실이 아무리 그렇다 해도 그것은 어려운 일이었다. 초청하는 일조차 비난의 여지가 있는데, 대통령을 칭찬 주인공으로 삼는다면 우리의 순수한 의도는 분명 왜곡되고 말 것이다.

나는 칭찬 주인공들이 청와대에서 대통령을 만나는 모습을 잠시 보여주는 선에서 마무리 짓자고 말했다. 대통령이 칭찬을 받는 것이 아니라 칭찬 주인공과 프로그램 스텝 진을 칭찬하는 형태로 가자고 했다. 그러나 김 PD의 요청은 간곡했다. 나는 그에게 정히 그렇다면 '21세기 위원회' 프로그램에 출연해 줄 것을 오찬장에서 건의해 보라고 조언했다.

며칠이 지나 청와대 영빈관에 100명의 주인공들이 모였다. 그 자리는 감동적이었고 화기애애했다. '칭찬합시다'와 '21세기 위원회'를 함께 진행하고 있던 김용만, 김국진, 정은아 씨도 자리했다. 점심을 먹으면서 김용만이 대통령께 공개적으로 제안했다. '21세기 위원회'에 나와주십사 하고. 대통령은 고개를 끄덕이며 긍정적인 반응을 보였다.

사실 그때까지 대통령은 그 '21세기 위원회'가 어떤 프로그램인지 모르고 계셨다. 나중에 내가 녹화된 방송을 보여드렸다. 대통령은 자신 없어했다. 감각과 재치가 넘치는 젊은 프로인데, 늙은 사람이 젊은 친구들과 호흡을 잘 맞출 수 있겠냐는 말씀이셨다. 그러나 나는 대통령을 믿었고 녹화 일정을 들어갔다.

당시는 IMF를 극복하기 위해 온 국민이 힘을 모으던 때였다. 대통령은 누구보다 바쁘셨고 긴박하게 처리해야 할 일들이 산재해 있었으므로 방송 녹화 일정은 몇 번씩 연기되어야만 했다. 몇 번의 펑크를 낸 후 어렵사리 녹화 일정이 다시 잡혔다. 김한길 수석과 함께 내가 방송 출연에 대한 브리핑을 했다. 대통령이 퇴청하신 후에 나는 관저에서 대통령께 이 방송의 중요성을 다시 한번 말씀드렸다. 시청률이 20%가 넘는 인기 프로인데, 대통령께서 출연을 하시면 최소한 40%는 기록할 것이다. 2천만 명의 국민이 텔레비전을 시청하게 된다. 국민에게 비춰진 대통령의 모습은 논리적이고 딱딱하다. 경직된 이미지에서 벗어나 웃음을 선사하는 부드러운 이미지를 보여주는 것도 소중한 일이다. 평소의 모습만 그대로 보여주신다면 대 성공하리라 생각한다, 라고.

드디어 '21세기 위원회' 녹화가 시작되었다. 녹화 장소는 청와대 영빈관이었다. 국가 원수의 국빈 방문 연회장으로 쓰이던 영빈관을 방송 촬영 스튜디오로 꾸민 것이다. 그때까지 어느 누구도 상상하지 못했던 일이며, 청와대가 생긴 이래 최초의 일이었다.

방송은 기대 이상으로 대 성공이었다. 지켜보던 모든 사람들이 놀랐고 김영희 PD도 감탄을 멈추지 않았다. 시청률은 50%를 넘어섰다.

그 뒤 청와대는 한 번 더 스튜디오로 탈바꿈했다. MBC '여성시대'와 한겨레신문사가 공동으로 IMF 극복 수기를 공모했는데, 당선자들을 청와대로 초청하여 대통령 내외와 함께 방송을 내보냈다. 수기를 읽으면서 읽는 사람도, 듣는 사람도, 대통령 내외도 흐르는 눈물을 감추지 못했다. 하나같이 너무나 마음 아픈 이야기였고 그 고통을 이겨내려는 국민들의 가슴은 뜨거웠다. 방송을 마치고 오찬을 가졌다.

1999년 겨울 크리스마스 무렵이었다. 그날 따라 많은 눈이 내렸다. 청와대는 하얀색에 묻혔다. 은색에 묻힌 청와대는 아름다웠고, 그 아름다움은 닫힌 공간이 아닌 열린 공간으로써의 청와대 안에서 뜨거운 가슴으로 서로를 위안하는 국민들로 인해 더욱 아름다울 수 있었다.

위기일발의 국정 대혼란

🌱 국가 정책에는 일관성이 있어야 한다. 그러나 이미 결정된 사항이라 하더라도 잘못된 정책이 명백하다면 수정되어야 한다. 어느 것이 좋고, 어느 것이 잘못된 정책인가라는 판단 기준은 정책을 수립하거나 집행하는 자에게 있지 않다. 있어서도 안 된다. 행정 편의, 정치적 명분, 당파의 이기 때문에 지금까지 국민이 겪어야 했던 고통은 얼마나 극심했던가.

내가 청와대 국정상황실장으로 근무할 당시에도 잘못된 정책으로 인해 자칫 국가의 근간이 흔들릴 수도 있었던 위기가 있었다.

당시 정부에서는 공직자의 구조조정이 한창 진행되고 있었다. 정부 구조조정을 맡고 있던 부서는 기획예산처였다. 기획예산처는 정보통신부 산하의 우정사업본부에 35% 인력 감원을 결정했다. 이에 따라 수많은 집배원들이 옷을 벗어야 했다. 대대적인 1차 감원이 진행되었으나 당초 목표였던 35%에 미치지 못했다. 기획예산처에서는 목표를 채우라는 압력을 가했다. 그러나 현실적으로 더 이상의 감원은 불가능한 상태였다.

우정사업본부는 정부 부처이기는 했지만 독립채산제로 운영되고 있었으므로 다른 부서에 비해 힘이 약했다. 그리고 4만 명이 가입되어 있는 체신노조가 결성되어 있었다. 대대적인 인원 감축으로 남아 있는 집배원들의 업무량은 포화상태였다. 과로로 순직하는 사태가 벌어지기 시작했다. 그 와중에도 구조조정을 채근하는 지침은 멈추지 않았고 체신노조의 분노는 극을 향해 치닫고 있었다.

우정사업본부의 경영기획실장은 노조와 합의하여 외부기관으로부터 경영평가를 받기로 했다. 현 상태에서 인원 감축이 과연 가능한지, 구조조정이 타당한지 정확한 진단을 내리고 그 평가에 따라 향후 방향을 결정하기로 했다. 민간업체의 경영평가 결과가 더 이상의 인원 감축은 불가능하다는 평가가 내려졌다. 이미 너무나 많은 피를 흘린 뒤였다.

경영기획실장은 기획예산처에 노사 합의사항을 보고했다. 그런데 기획예산처에서는 그 사항을 무시했다. 귀를 닫은 채 무조건 35% 감원을 마무리하라고 하달했다. 기획예산처가 입장을 바꾸지 않았으므로 그 상부기관인 정책기획수석실에서도 별다른 조치를 취하지 않았다. 경제수석실과 그 산하인 정보통신부 역시 현 사안을 외면했다. 어느 누구도 앞에 나서서 사태를 올바르게 보려 하지 않았다. 우정사업본부의 인원 감축이 35%를 채우지 못할 경우 나머지 부분을 어느 부서에선가는 채워야 했기 때문이다.

체신노조는 극단적인 파업을 선택할 수밖에 없는 상황으로 내몰렸다. 우편배달의 마비는 국가 기능의 마비를 의미했다. 내 소관은 아니었으나 두고만 보고 있을 수 없었다. 수석회의에서 몇 번의 문제제기를 했으나 수뇌부들은 오히려 우정사업본부가 부서 이기주의를 내세워 정부 결정에 따르지 않는다고 말했다. 한번 결정된 사항을 뒤바꾸는 일이 담당자들로서는 부담되는 일이었을 것이다. 일이 터지고 나서야, 모든 우편배달이 중단되고, 국민의 아우성이 온 나라를 뒤덮은 후에야 수습에 나서겠다는 심산이었다.

내가 총대를 메기로 했다. 정부 구조조정 추진안을 처음부터 재검토하기 시작했다. 객관적인 자료는 충분했다. 처음부터 행정 편의에 따른 잘못된 결정이었다. 나는 당시 구조조정 주무부처인 기획예산처 박지원 정책기획수석에게 강력하게 건의했다. 우정사업본부에 할당된 인원 감축은 처음부터 무리한 결정이었고, 지금 그 결정을 철회하지 않는다면 대 혼란을 야기할 수밖에 없음을 강조했다. 정치적 감각이 있었던 박지원 수석이 내 이야기를 받아들였고 대통령에게 보고하였다. 대통령 또한 내 주장을 받아들여 파업 직전에 사태를 막을 수 있었다. 심각한 국가 혼란을 초래할 수도 있었던 순간이었다.

도산서원 가는 길에
퇴로는 없다

🌱 아들녀석이 학교에서 쓸 거라며 종이 찰흙으로 탈바가지를 만들고 있었다. 옆에서 지켜보던 딸도 재미있어 보였던지 동생의 일을 거들고 있었다. 나도 가만히 있지 못하고 녀석들의 작업에 동참했다. 종이 찰흙이 부족했으므로 찰흙을 더 만들어야 했다. 한참 후에 아들이 만들고 있는 탈의 형태가 잡혔다. 하회탈이었다. 하회탈을 보자 몇 년 전 김대중 전 대통령을 모시고 안동에 내려갔던 일이 떠올랐다.

청와대 정책기획 비서관으로 재직할 당시의 일이었다. 1999년 가을 어느 날, 당시 김대중 대통령은 영주의 연초공장 기공식 참석과 함께 안동시를 방문하는 일정이 잡혀 있었다. 안동은 유교 문화의 중심 도시다. 정부에서는 유교 문화 발전을 위해 안동에 있는 예산 지원을 계획하고 있었다.

나는 그 일정 중에 대통령이 꼭 도산서원을 방문해야 한다고 생각했다. 도산서원은 유교 문화의 상징이다. 대통령은 유학자들을 만나야 했고 그 장소로 도산서원이 안성맞춤이었다. 나는 당시 김중권 비서실장과 상의하여 도산서원 행을 결정하고 안동시에 통보했다.

얼마 후 경호실에서 문제를 제기했다. 사전 조사 결과 도산서원까지 가는 길은 일차선 외길인데다 비포장도로이므로 경호 상에 문제가 있다는 것이었다. 퇴로가 없는 길은 가기가 곤란하다는 주장이었다. 도산서원 행은 취소되었다.

일정이 바뀌었다는 소식을 듣고 나는 비서실장을 다시 찾았다. 경호실의 주장은 충분히 이해할 수 있으나 그렇다고 해서 안동까지 와서 도산서원에 들르지 않는다는 것은 말이 안 됐다. 유림들과 딱딱한 시청 건물에 앉아서 유학을 논하는 것은 아무래도 모양이 좋지 않았다. 너무 사무적이다. 유교 문화 발전을 이야기하면서 안전상의 이유로 유교 문화를 거부하는 것은 앞뒤가 맞지 않았다. 나는 강력히 주장했고 결정은 다시 번복되었다.

경호실에서는 도산서원까지 갈 시간이 안 된다고 했다. 아무리 빨리 일정을 마친다고 해도 예천공항에서 이륙해 성남비행장에까지 가는 것은 불가능하다고 말했다. 일몰 전까지 도착할 수 없다는 얘기였다. 대통령의 일정은 일몰 전에 모두 끝내야 한다. 시간이 안 된다는데 도리가 없었다. 일정은 다시 번복되었다. 안동시에서는 대통령이 도산서원에 간다는 건지 안 간다는 건지 도무지 갈피를 잡지 못해 우왕좌왕했다.

일정이 다시 번복되었다는 통보를 받고 나는 화가 치밀었다. 이동시간이 없다면 도산서원에서 예천공항까지 헬기로 이동하면 되지 않냐고 반문했다. 경호실에서는 인근에 헬기가 뜰 장소가 없다고 했다. 다섯 대가 떠야 했는데 헬기장은 물론이거니와 그렇게 큰 학교 운동장도 없다는 것이었다.

나는 김대중 대통령이 퇴계 이황 선생을 얼마나 존경하는지 잘 알고 있었다. 나는 김중권 비서실장에게 말했다. '대통령도 사람이다. 어떻게 공무적인 일정만 생각하느냐. 도산서원은 관광 코스로도 즐겨 가는 곳이다. 특히 대통령은 퇴계학에 조예가 깊고 평소, 퇴계 선생은 중국의 유학을 조선 유학으로 발전시킨 대가이며 세계 12군데의 퇴계 연구소가 있다고 늘 말씀하실 정도. 안동까지 가서 퇴계 선생의 유적을 보지 않고 오는 것은 어리석은 짓이며, 대통령을 배려하지 않은 경호만을 위한 일정이다. 대통령의 솔직한 말씀을 듣고 싶다.'

비서실장이 대통령께 상황을 다시 말씀드렸고, 대통령은 잠시 생각하시다가 가자고 했다. 결국 도산서원 행이 최종적으로 결정되었다.

대통령은 도산서원을 둘러보고 앞마당에서 유학자들과 인사를 나누었다. 대통령의 첫마디는 이러했다. '내가 경호 문제로 이곳에 올지 말아야 할지 무척 망설였다. 그런데 안 왔으면 일평생 후회할 뻔했다. 오면서 보니 경치가 너무 아름다웠고 평소 존경하던 퇴계 선생을 직접 만나 뵙는 듯하여 마음이 기쁘다. 정말 오기를 잘했다.'

그 말씀을 들으니 내 마음도 편해졌다. 도산서원 행을 두고 경호실과 나와의 팽팽한 대립은 나의 일방적인 압승으로 끝난 셈이다. 주변에는 헬기가 다섯 대는 아니더라도 세 대까지는 뜰 수 있는 학교가 있었다. 경호실의 신속한 대처로 대통령은 무사히 일정을 마치고 성남 비행장에 도착할 수 있었다. 비행장 너머로 붉은 노을이 아름답게 물들고 있었다.

노무현 대통령과의
인상적인 만남

얼마 전 대방초등학교에서 학부형과 외부 인사를 초청하여 도로교통안전교육을 실시한 적이 있었다. 나는 그 교육 행사에 참석하였다. 실내 행사를 끝내고 퇴장하던 노무현 대통령이 나를 알아보고 다시 돌아왔다. 노무현 대통령과 나는 아주 반갑게 인사를 나누었다.

모든 만남은 소중하다. 그러나 뜻하지 않은 장소에서 우연히 마주치는 만남은 약속된 만남보다 인상적이고 특별할 수밖에 없다. 공적인 만남이 많은 나로서는 더욱 그렇다. 노무현 대통령과의 인상적인 만남은 대방초등학교에서 만나기 이전에 한 번 더 있었다.

숱한 게이트로 정신을 차릴 수 없었던 2001년 여름에 노무현 대통령은 당시 해양수산부 장관을 그만두고 당 고문으로 복귀해 차기 대권 준비에 들어갔다. 그 시기에 대다수의 대권 주자들은 김대중 대통령과 현 정부를 맹렬히 공격했다. 그 대열에 여당 후보들도 동참했다.

야당은 그렇다 치더라도 여당 후보가 여당을 공격한다는 것은 색다른 뉴스였다. 후보들은 그렇게 뉴스를 만들어내면서 자신을 드러내고 있었다.

그러나 노무현 고문은 정반대였다. 그는 예나 지금이나 정면돌파형이며 자신의 생각을 솔직하게 말해야 하는 분이다. 노무현 고문은 다른 대권 주자와는 정반대의 논리로 목소리를 높였다.

'국민의 정부가 뭘 그렇게 잘못했느냐. 아무리 잘못했다고 해도 과거에 비하면 훨씬 덜하다. 교육정책이 엉터리라고 하지만 우리 모두는 그 엉터리 같은 교육을 받고 우리 경제 규모를 세계 11위에 올려놓았으며 정보통신 분야에서 세계 최강국들과 어깨를 나란히 하고 있다. 우리 자신을 비하하지 말자.' 노무현 후보는 당당했다.

국정상황실장으로 있던 나는 김대중 대통령에게 건의했다. '대권주자들이 노 후보와 같은 방식으로 나가야 한다. 여당 주자를 통해서 국민의 정부의 치적을 바로 알려야 한다.' 자해를 통해 성장하겠다는 전략은 오산이었다. 그런 논리로는 결국 자해로 그칠 수밖에 없었고 결과가 이를 증명했다. 나는 노무현 고문이 국민의 정부의 업적과 정통성을 창조적으로 계승 발전시킬 수 있는 아이덴티티를 가지고 있으며, 전략적으로도 이회창 후보와의 대결 상황에서 우위를 점할 수 있다고 믿었다.

국내 정세는 혼란스러웠고, 그 혼란은 쉽게 정리될 기미를 보이지 않았다. 그 와중에 우리는 월드컵을 치렀다. 월드컵 4강전이 벌어지던 서울상암월드컵 경기장에서였다. 나는 김대중 대통령을 수행하여 경기장에 있었다. 우리 선수들은 독일과 지루하리만큼 힘겨운 싸움을 벌이고 있었다. 전반전이 끝나고 나는 화장실에서 나오다가 노무현 후보

대방초등학교에서 실시한
도로교통안전교육 행사에
노무현 대통령이 참석하여
필자와 인상적인 만남을 가졌다.

와 마주쳤다.

　그 뜻하지 않은 장소에서의 우연한 만남은 사람을 당혹하게 했다. 그리고 그 당혹감은 진한 인상을 남겼다. 노 후보는 수행원도 없이 혼자였다. 여당 후보라고 하기엔 너무나 초라한 모습이었다. 가슴이 아팠다. 우리는 반갑게 인사를 나누었고 노무현 고문은 내 손을 끌며 자신의 자리로 안내했다. 노무현 후보와 나는 중간 휴식 내내 많은 이야기를 나누었다. 어느 만남보다도 인상적인 만남이었다.

　그때 나누었던 이야기들과 그 당시의 청와대 상황 등과 알려지지 않은 사건들은 나중에 다시 말할 기회가 있을 것이다.

국민에게 서비스하는
생활중심형 정치

국민의 정부가 들어서면서 그간, 어느 누구도 침범할 수 없었던 성역 한 곳이 허물어졌다. 비록 외부 관람으로 한정되기는 했지만 일반인에게 청와대를 개방한 것이다. 많은 사람들이 흥미를 가지고 청와대를 찾았다. 대단한 이벤트였으나 내가 보기엔 너무 밋밋했다. 청와대 관람에 앞서 청와대의 내부 모습과 역사, 중점 정책을 설명해야 할 필요성이 있었다.

나는 청와대 한 곳을 시청각 관람실로 활용할 것을 제안했다. 제안은 받아들여졌고, 여러 장소를 물색하였으나 마땅한 장소를 찾지 못했다. 결국, '청와대 장기 발전 계획'을 앞당겨 춘추관 옆에 새로운 공간을 만들기로 했다. 내가 팀장이 되어 그 일을 기획하고 추진했다. 그리고 현재 춘추관 옆에 마련된 관람관에서 사람들은 청와대의 역사와 비전을 보고 있다.

나는 이 일이 국민에 대한 일종의 서비스라고 생각한다. 그리고 정치는 서비스여야 한다. 나는 초등학교 5학년 때 남북 통일과 세계 평화를 위한 새로운 이념을 꿈꾸었다. 나의 이상은 민주주의의 장점과 공산주의의 장점을 결합한 제3의 이념을 실현하는 것이었다. 그 꿈을 실현하기 위해 나는 정치가의 길로 들어섰다. 내가 꿈을 키워가던 중 냉전시대는 막을 내렸고, 그 싸움에서 민주주의가 사실상 승리했다. 이러한 세계 변화의 흐름을 지켜보면서 나는 내 어린 시절의 꿈이 옳았다는 것을 스스로 검증했다.

20세기 마지막에 등장한 『제3의 길』을 보면서 나는 그 점을 다시 한 번 확인했다. 『제3의 길』은 영국 사회학자 앤서니 기든스가 저술한 이론서다. 그는 저서를 통해 사회주의의 경직성과 자본주의의 불평등을 극복하려는 모델을 제시했다. 그의 이론은 영국의 토니 블레어와 독일의 게르하르트 슈뢰더 등 유럽 중도 좌파 정치가들의 이론적 배경이 되었다. 그의 이론은 좌우 대립의 극복뿐만 아니라 국가와 시민사회의 관계를 재정립하고 있다. 그 이론을 바탕으로 현재 여러 유럽 국가들이 사회민주주의를 시도하고 있다.

이념전은 끝났고, 나의 꿈은 현실 정치로 넘어왔다. 나는 현실 정치 측면에서 두 가지를 꿈꾼다. 그 첫째는 여전히 평화다. 이데올로기의 대결은 민주주의의 승리로 끝났으나 우리에게 아직 평화는 오지 않았다. 나에게 남은 과제는 남북이 전쟁 없이 평화를 이룰 수 있도록 초석을 다지는 일이다. 전쟁의 위기와 위협에서 벗어나는 일에 정치가의 역할은 막중하다. 이 같은 맥락에서 국민의 정부는 남북의 대결구도를 협력구도로 바꾸어 놓는데 지대한 공헌을 했다.

나의 두 번째 꿈은 정치를 서비스로 바꾸는 일이다. 이제 우리의 정

주요 국가정책에 대해
당과 정부가 심도 있는 논의를 하는
당정협의 때 모습.
협의를 하다 보면
국민을 위한 정치가 무엇인지
늘 생각하게 한다.

치는 슬로건으로만 끝나서는 안 된다. 정치를 위한 정치적 싸움은 더이상 용납될 수 없다. 과거에는 근본, 원칙, 정통성 자체가 문제였고 이를 고치지 않으면 아무것도 알 수 없는 상황이었으므로 정치적 싸움은 불가피했다. 군사독재를 향한 정치적 싸움은 정당했다. 그러나 군사독재에 항거하던 사람들이 정권을 잡은 지금 패거리 정치는 명분을 얻을 수 없다.

정치의 패러다임은 바꿔야 한다. 각 정당은 누가 얼마나 많이 국민들에게 편의와 혜택을 주느냐에 초점을 맞춰야 한다. 정쟁이 아니라 국민에 대한 서비스를 놓고 경쟁을 해야 한다. 국민을 피곤하게 만들고 짜증나게 하는 정치가 아니라 보다 많은 편의를 제공하는 생활중심형 정치로 변신해야 하는 것이다.

천장(遷葬)의 풍속

나는 일요일 아침마다 '도전, 지구탐험대' 라는 프로그램을 즐겨 시청한다. 내가 알지 못하는 오지와 탤런트의 체험이 나에게 색다른 간접 경험을 제공하기 때문이다. 바보상자라 하는 TV가 그나마 나에게서 칭찬을 받는 것은 새로운 경험을 제공하는 이러한 다큐멘터리 때문이다.

그 프로그램 중 라마교를 다룬 내용이 있었다. 탤런트가 어느 부락에 가서 라마교에 대해 체험을 하는 내용이었지만 나의 관심을 끈 부분은 라마교가 아니라 '천장(遷葬)' 에 관한 것이었다.

모든 사람은 어떠한 주검 앞에서든 말을 잃은 채 짙게 깔리는 침묵 속으로 침잠하기 마련이다. 그곳에서도 주검을 보았다. 라마의 사람들은 자신의 친족들이 죽으면 집에서 사흘을 보낸 후 주검을 매고 라마의 신전으로 올라간다. 수도승들의 축복을 받기 위해서다. 신전으로 모셔지는 주검들은 같은 모습이 아니었다. 화려한 관에 잘 모셔져 오는 주검도 있지만 허름한 이불에 둘둘 말려서 오는 주검도 있다. 그들의 고단했던 삶이 죽어서까지 극명하게 표시가 나고 있었다. 사람은 살아서도 죽어서도 그처럼 부와 신분의 차이가 나는 모양이다.

카메라는 이불에 둘둘 말린 주검을 따라갔다. 독수리가 날아다니는 산의 정상에서 '천장'이라는 독특한 장례가 진행되는데 라마의 젊은 수도승은 예를 표한 후 옷을 갈아입고 도끼와 칼을 들고 나타났다. 그리고는 둘둘 말린 주검을 풀어 칼로 썰고, 도끼로 잘라서 독수리들에게 던져주는 것이었다.

그 장면을 보면서 만감이 교차했다. 극심한 문화충격을 받았다. 내 몸이 아파오는 것 같은 충격이었지만 화면 속에 유족들은 그러한 절차를 너무나 당연하게 받아들이고 있었다. 그들은 고인이 부디 좋은 곳에서 행복하기를 바라는 기도를 올리는 듯했다. 주검은 새의 먹이가 되었고, 유족에게는 고인의 뼈 한 조각이 건네졌을 뿐이다.

'천장'이라는 장례 풍속도 충격이었지만 그보다는 고인의 몸을 둘둘 감고 있던 한 장의 이불이 내 가슴에 더욱 깊이 각인되었다.

사람에게는 누구나 죽음이라는, 생각하기 싫은 현실이 찾아온다. 우리에게도 그리 길지 않은 시간이 남겨져 있다. 허락된 이 시간 동안 우리는 무엇을 해야 할 것인가. 내가 둘둘 말고 가야 할 한 장의 이불은 무엇인가.

정감온도(情感溫度)

날씨가 무척 추워졌다. 바람이 많이 불어 체감온도(體感溫度)는 더욱 낮다고 한다. 몸으로 느끼는 추위는 털장갑과 두터운 외투로 올릴 수 있지만 마음으로 느끼는 정감온도(情感溫度)의 수치는 해가 갈수록 떨어지는 것만 같아 안타깝다.

사람들의 삶이 가지고 있는 신비하고도 고귀한 현상이 여럿 있지만 그중 하나는 가치 지향적이라는 면이다. 즉, 인간은 다른 동물들과 마찬가지로 강력한 삶의 의지를 가지고 있으나 그저 목숨을 유지하고 연장하려고만 하는 것이 아닌, 물질적 가치건, 정신적 가치건 무언가 가치를 추구하는 가치지향성(價値志向性)을 가지고 있다.

아리스토텔레스는 인간을 '정치적 동물'이라고 정의했지만 사람은 또한 가치선택적(價値選擇的) 존재이기도 하다. 심미적 또는 정신적 가치에 대한 지향성이야말로 인간을 인간다운 고귀한 존재로 만든다.

심미적 또는 정신적인 가치에 대한 지향성을 제외하면 인간은 인간으로서의 독자성을 상실하게 된다. 인간의 이러한 가치지향성은, 우리가 실제로 알고 느끼고 있는 것보다 훨씬 더 깊고 중요한 관계를 삶에 대해서 가지고 있다.

슈바이처는 '인간의 가치는 그 희생하는 것에 따라 평가되어야 한다.' 고 말했다. 곧 인간다운 가치는 재물의 소유나 지식이나 그 외모에 따르는 것이 아니라 '남을 위해 희생하는 양' 에 따라서 평가되어야 한다는 것이다.

인류의 행복과 안녕은 자기를 희생하는 사람들에 의해 지켜져 온 것이다. 작게는 가정도 마찬가지이다. 가정을 행복하게 하는 것은 재물의 축적이나 좋은 가구에 의해서가 아니라 가족들 사이에 서로 양보하고 서로 희생하는 마음에 있다. 이렇게 본다면 '희생' 이란 주위를 행복하게 만들 뿐 아니라 희생을 치르는 그 사람 자체에게는 인간으로서의 가치를 높이는 것이 된다.

인간은 가치를 중요시한다. 그리고 그 가치를 탐하는 욕구의 산물이 아닌 희생의 마음에서 나온다. 인간이 아름답게 느껴지는 가치는 바로 스스로를 남들보다 낮추는 고개 숙임에서 나오는 것이다. 모두가 조금만 희생한다면 이 겨울 비록 몸은 차가운 겨울바람 속에 있어도 마음만은 난동(暖冬)일 것이다.

겨울에 관한 생각

거리를 지나는 사람들이 잔뜩 움츠린 채 종종걸음을 하는 것을 보면 이제 겨울이라는 것이 더욱 실감난다.

어릴 적 군불 지핀 아랫목이나 화롯가를 굳이 떠올리지 않더라도 겨울은 따스함이 항상 그리운 계절이다. 물론 최고의 따스함은 사람에게서 느껴지는 훈훈함이다.

스스로의 상상력을 한번 테스트해 보자. '겨울' 하면 생각나는 것이 무엇인가? 겨울을 생각하면 '춥다' 라는 단어밖에 안 떠오른다면 창작하는 직업을 갖지 않은 것이 정말 행운이다. '구세군 냄비', '크리스마스', '군밤' 등 단어로 이루어진 것들이 다섯 개 이상 떠오른다면 상상력은 평균 이상이다. 마지막으로 '성탄 전야 미사 때 조용히 흔들리는 촛불', '구세군 냄비에 동전을 넣고 뛰어가는 신문팔이 소년의 뒷모습', '하얀 눈이 쌓인 길 위를 방금 지나간 힘찬 군화 발자국' 등 문장

형의 상상력을 가졌다면 유능한 창작인의 자질을 타고 난 것이다.

물론 이와 같은 판단기준은 지극히 주관적인 것이고 결코 정답이 있을 수도 없다. 왜냐하면 한 단어든 여러 단어든 아니면 문장이건 간에 그 사람의 '겨울'에는 나름대로의 사연이 있기 때문이다. 따라서 겨울을 간단히 정의 내리는 것은 무척 위험한 일이다. 겨울은 단순한 온도 변화 이상의 그 무엇이 틀림없이 있기 때문이다. 몇 년 전에 읽은 책에서 겨울을 이야기하는 내용 중에 이런 글이 있었다.

'겨울이란 정(靜)이 동(動)을 키우는 계절이다.' 라는 문장이었는데 이것을 읽는 순간 나도 모르게 고개를 끄덕이며 무릎을 쳤다.

겨울은 동면(冬眠)의 계절이 아닌 내적인 자기 발전의 시기인 것이다. 한겨울의 움츠림은 스톱모션이 아니라 더 큰 도약을 위한 에너지 모으기이며 잠자는 시간이 아닌 눈 감은 숨고르기인 것이다.

나이테를 보라. 여름에 만들어진 나이테는 세포벽이 얇아서 부드럽고 연하지만, 겨울에 만들어진 나이테는 세포벽이 두터워서 단단하고 진하다. 겨울에도 나무가 더 단단하게 성장하고 있음을 알 수 있다.

겨울은 따뜻한 계절을 참아내는 추운 계절이 아니라 따뜻한 계절을 미리 대비하고 준비하는 자기 발전의 시간인 것이다. 호황기에 불황기를 대비하고 불황기에 호황기를 준비하며 이겨내는 경영자처럼 이제 스스로 따뜻한 계절을 준비하는 겨울이 되어야 한다.

정(靜)이 동(動)을 키우는 계절, 바로 지금이 겨울이다.

수미쌍관(首尾雙關)

벌써 한 해의 마지막이다. 마지막이란 항상 처음과 맞닿아 있다. 결승점이라 생각하는 곳이 바로 출발선인 것이다. 쉼 없는 달리기가 바로 우리의 인생이다.

수미쌍관(首尾雙關)이란 글의 처음과 마지막을 같도록 하여 그 의미를 강조하고 안정적인 글이 되도록 하는 것이다. 오늘 수미쌍관의 진정한 의미를 다시 한번 되새겨 본다.

처음과 끝이 같음으로써 시작의 의미가 더욱 강조되는 첫 출발. 오늘은 올해의 마지막을 말하고 내일은 한 해의 출발을 이야기하지만 가장 중요한 것은 바로 '한결같은' 마음가짐이다.

위에 오늘을 쌓고 그 위에 내일을 설계하는 것이기에 더욱 더 큰 믿음과 부단한 노력이 필요하다. 멈추지 않는다면 반드시 이룰 수 있다는 평범한 진리가 필요한 시간이다.

이백(李白)은 훌륭한 스승을 찾아 산에 들어가 수학했는데 어느 날 공부에 싫증이 나자 스승에게 말도 없이 산을 내려오고 말았다. 집을 향해 걷고 있던 이백이 냇가에 이르자 한 노파가 바위에 열심히 도끼를 갈고 있었다.

이백은 할머니에게 무엇을 하고 계시느냐고 물었다. 그러자 할머니는 도끼를 갈아 바늘을 만들고 있다고 대답했다. 그것이 가능한 일이냐고 이백이 되묻자 '중단하지 않는다면 가능하지.' 라고 했다.

마부위침(磨斧爲針)이란 바로 이런 이야기에서 비롯됐다. 우리는 누구나 희망을 이야기하고 미래를 꿈꾼다. 그러나 그것을 이루는 길에 대해서는 막연하다. 물론 정답은 없다. 하지만 중요한 것은 '중단하지 않는다면 가능하다.' 는 진리다.

새해는 다시 놓여진 백자가 아닌 쓰고 있는 책의 다음 페이지일 뿐이다. 신화는 모든 것을 부정하는 사람이 아니라 스스로를 인정하고 노력하는 사람에 의해 만들어진다.

믿음과 노력이 바로 새해를 자신의 해로 만들 것이다. 쉼 없는 달리기가 바로 우리의 인생이다.

천생연분(千生緣分)

우리는 일생에서 '천생연분' 이라는 말을 많이 사용하고 있다. 우리가 흔히 알고 있는 의미의 천생연분은 '天生緣分' 이다. 그런데 첫 글자가 하늘 천자가 아닌 일천 천자로써 '千生緣分' 이라면 어떨까?

대부분의 사람들이 천생연분의 진짜 어원이 어디에서 유래되었는지 잘 알지 못한 채 그 말을 쉽게 쓰고 있는 것은 아닌지 모르겠다. 우리가 살고 있는 지금 이 시간이 한 생(一生)이다. 만약에 다음 생에 또 다시 인간으로 태어날 수 있게 된다면 그것이 두 생(二生)이 된다. 그렇기 때문에 천생(千生)이라는 것은 사람으로 태어나 천 번을 살아야 된다는 뜻이다.

그렇게 천 번의 생을 살아가면서 계속하여 인연을 맺게 되는 사이를 일컬어 '천생연분(千生緣分)' 이라고 한다. 하늘이 맺어준 인연이라는 뜻의 '천생연분(千生緣分)' 보다는 천생을 살면서 맺게 되는 인연이라는 뜻의 '천생연분(千生緣分)'이 더 의미 깊게 다가온다.

하지만 불행인지 다행인지 우리는 지금 살아가고 있는 이 생이 천생의 시작인지, 아니면 천 번째 생인지 도무지 알 수 있는 방법이 없다. 사랑하고 있는 그 누군가가 다음 생에 만나서 다시 사랑하게 될 사람인지 그러한 인연의 사랑이 아닌지는 결코 알 수가 없는 것이다.

만일 지금 사랑하는 사람이 이런 인연이 아니라고 생각된다면 곧 우울해질지도 모른다. 그러나 거꾸로 생각할 수도 있다.

지금 사랑하는 그 사람이 몇 십, 몇 백 생을 거듭하는 동안 만나온 바로 그 소중한 사람이라고 말이다. 알 수는 없겠지만 만약 지난 생을 사는 동안에 그 사람과 애절하고 아픈 사랑을 했었다면 이번 생에서는 그 사람을 위해서 아낌없이 모든 것을 다 베풀어 주어야 하는 것이 아닐까? 지난 어느 생에서인가 곁에 있는 그 사람이, 나를 위해 대신 목숨을 버렸을지도 모르는 일이다.

지금 사랑하고 있는 사람을 위해 모든 것을 다 주어야 한다. 아낌없이.

잊고 산다는 것

사람들은 많은 것을 잊고 또 포기하며 살아간다. 너무 쉽게 잊고 또 포기하는 것 같아 안타까울 때가 있다. 하지만 정말 문제는 잊어야 할 것들을 잊지 못하고 잊지 말아야 할 것은 쉽게 잊고 사는 우리네의 현실이 아닌가 생각한다.

어느 때인가 살아가면서 서운하거나 나를 아프게 하는 것이 너무나 많다고 생각하던 시절이 있었다. 좌절이 너무 커서 몇 날 밤을 잠 못 들고 괴로워했으며 그리고 그 아픔과 분노를 마음속에 새겨 넣었다. 기회가 된다면 정말 시원하게 복수하겠다는 날카로운 비수를 가슴에 품기도 했었다.

하지만 너무나 우습게도 지금은 그때의 그 분노가 무엇 때문인지 기억조차 할 수 없다. 조물주가 우리에게 망각이라는 선물을 주지 않았다면 우리는 너무나 아픈 기억들을 매일 되새김하고 스스로를 상처내면서 살아가야 될 것이다.

이제 나쁜 것은 모두 잊으려 한다. 젊은 날의 아픈 실패도 잊으려 한다. 충분히 그 실패를 학습했으니 기억의 노예가 될 필요는 없다. 그리고 우리가 평생 잊어서는 안 될 것이 무엇인가 자문해 본다.

오늘 아침 아파트 베란다에 놓여 있던 섬유유연제에 이런 글이 있었다.

'모든 구김을 남김없이 부드럽게 펴 드립니다.'

내 삶을 부드럽게 펴온 삶의 유연제들. 중학교 입학식 날 처음 입었던 날선 교복의 그 기분 좋은 차가움, 첫사랑의 여인에게 사랑 고백을 하며 돌아오던 날의 밤거리, 그 밤하늘에 쏟아지던 별들, 첫아이가 태어나던 날, 나도 아버지가 되었다는 기분에 하루 종일 웃던 그날의 흐뭇함…….

하지만 정말 소중한 것은, 절대 잊지 말아야 할 것은 바로 이것이다. 내 삶의 주인공은 바로 나라는 사실. 우리는 삶 전체를 살아가는 동안 어느 한순간이라도 조연이나 스텝으로 삶의 무대에 등장하는 것이 아니라 언제나 자랑스러운 주연인 것이다.

할 수 있다는 믿음

🌱 사람들도 학습된 절망에 굴복할까? 놀랍겠지만 대부분의 사람들이 그와 같은 오류를 범하고 있다.

어떤 사람이 뉴욕에서 베일리 서커스를 구경할 기회가 있었다고 한다. 그 사람은 그날 서커스단에 소속되어 있는 사자, 호랑이, 기린 그리고 그밖의 여러 동물들을 둘러볼 수 있었다. 그러던 중 몸집이 커다란 코끼리들이 앞다리만 작은 밧줄에 묶인 채 가만히 있는 것을 보고 의아하여 발길을 멈추었다.

거대한 코끼리들은 사슬이나 우리도 아닌, 언제라도 끊을 수 있는 작은 줄에 매여 얌전히 있었던 것이다. 이것이 궁금해진 그 사람은 조련사를 보고 왜 코끼리가 도망칠 시도도 하지 않은 채 가만히 있는가를 물어 보았다.

"글쎄요. 이 코끼리들은 아주 어렸을 때부터 저 밧줄에 매여 자랐습니다. 그런데 저렇게 성장한 다음에도 저 밧줄 하나면 코끼리들은 달아나지 않게 할 수 있습니다. 아무리 성장했어도 코끼리들은 저 밧줄을 끊을 수 없다고 믿고 아예 도망칠 생각조차 하지 않습니다."

단지, 할 수 없다는 믿음 때문에 그 작은 밧줄에 묶여 지금까지 그렇게 얌전히 있다니 쉽게 납득할 수 없는 일이다. 그러나 우리도 그런 우매한 학습에 묶여 코끼리와 같은 행동을 하는 경우가 적지 않다. 자신은 느끼지 못하지만 아니, 애써 부인하지만 전에 실패했었다는 이유만으로 어떤 것을 두고 아예 할 수 없다고 믿고 있는 일들이 분명 있다.

스스로의 오해와 편견 때문에 얼마나 많은 사람들이 자기 자신을 속박하고 있는지 모른다. 우리는 혹시 낡은 믿음으로 인해 새로운 것은 시도조차 하지 못하고 있지는 않은가.

짐 도너번의 '인생은 리허설이 아니라 실전이다.' 라는 말을 굳이 되뇌이지 않더라도 우리는 이 인생의 어느 한순간도 함부로 살아가서는 안 된다. 우리는 모두 현명하고 따뜻한 사람들이다. 우매한 학습과 잘못된 믿음의 노예가 되어 쉽게 현실을 포기해서는 안 된다.

인생은 진지하고 좋은 생각을 가진 사람들에게 좋은 추억을 만들어 준다. 인생은 현실에 진솔하고, 성실한 사람에게 분명 보답한다. 우리는 기억의 노예가 아니라 주인이다. 인생은 기억을 자양분으로 삼는다. 내 인생에 썩은 양분을 주어서야 되겠는가.

줄에서 세 번 떨어진 광대

🌼 TV의 프로그램 중에 '이것이 人生이다'라는 다큐멘터리 프로가 있다. 보통 사람이 살아온 인생을 더듬어 보는 프로그램인데 이 방송이 나에게 큰 감동을 주는 이유는 그들의 완벽한 성공에 앵글을 잡은 것이 아니라 내면의 고민과 방황을 잡는다는 데 있다.

많은 사람들이 삶의 균형을 잡지 못해 불안해하고 있다. 그리고 그 불안한 질주 속에 자신의 온 영혼과 삶 전체를 내맡긴다. 산산이 부서져 버리면 그만이라는 심정으로. 그러나 삶의 균형은 한 개인의 문제가 아니다. 한 개인의 삶은 여러 경로의 연결고리로 가족과 친구, 공동체, 내가 존재하는 모든 이유들과 함께하고 있다.

그런데 그들과의 교감도, 대화도 그 어떤 것도 하고 싶지 않다면 삶은 균형을 잃고 흔들리기 시작한다. 균형을 잃는 요인에는 여러 가지가 있다. 대부분의 사람들이 돈 문제에 관해서는 균형을 잘 잡지 못한다. 삶이 곧 돈을 모으기 위한 연속적 행위일 뿐이라고 생각하기도 한다. 물질만큼 사람을 비참하게 하는 것도 없다.

그러다 보면 가족이나 친구, 영적이고 정신적인 욕구, 건강 등 내 존재를 위해 써야 할 모든 에너지를 몽땅 끌어 쓰는 오류를 범하게 된다. 이렇게 되면 내 삶의 다른 영역들은 조화를 이룰 수가 없고, 아내, 남편, 연인, 가족, 내가 속한 공동체 등 모든 곳에 문제가 생기고 내면을 갉아먹는 영적인 공허함 때문에 삶은 송두리째 무너져 내리고 만다.

비단 돈 뿐만이 아니라 한 영역에 지나치게 많은 양의 에너지를 끌어 쓰면 나머지 측면은 자연히 신경을 덜 쓸 수밖에 없는 것은 당연한 일이다. 그렇게 된다면 외줄에 올라선 내 인생의 곡예는 휘청거리고 결국에는 그 줄에서 떨어질지도 모른다. 줄에서 세 번 떨어진 광대는 더 이상 광대가 아니다.

내 삶의 균형을 잡는 것 그것이 최우선 과제이다. 중요한 것은 아무도 나를 대신해 줄 수 없다는 사실이다. 생각하고, 숨쉬고, 느끼고, 보고, 경험하고, 사랑하고, 죽는 것까지 모두 나의 몫이다.

내가 누구인지 어떤 사람이 될 수 있는지를 발견하는 일은 자신에게 달려 있고, 결정한 자신이 해야 한다. 삶의 균형이 깨졌다고 생각된다면 계속 나아가기보다 그 자리에 잠시 멈추는 것이 낫다. 그대로 멈추어서 스스로를 조용히 평가하고 충분히 충전할 시간을 갖는 것이 좋다.

이 땅의 어느 누구도 완벽하게 균형 있는 삶을 사는 사람은 없다. 그러나 내 삶의 균형이 어디에서 어긋나고 있는가를 모른다면 삶은 공허해질 것이다. 모든 삶은 가치 있는 삶 자체이다.

성공하는 삶

요즘 두 번씩 읽고 있는 책이 있다. 영국에서 태어나 미국으로 건너가서 30대에 백만장자의 대열에 당당히 들어선 앤드류 우드의 이야기이다. 그는 지금 성공 동기부여 세미나의 컨설턴트로 활발히 활동하고 있다.

책의 내용은 장황하지만 그 사람이 성공할 수 있던 이유는 간단하다. 그것은 우리가 모두 알고 있는 지극히 상식적인 이야기이다. 그런데, 왜 우리는 그러한 것들을 알고 있으면서 행동하지 못하고 있을까? 아마도 성공한 단 몇 퍼센트 사람들에게만 해당되는 성공담이고 무심코 흘려버리고 있는지도 모르겠다.

앤드류는 자신이 만나는 사람들에 대한 이야기를 무척 많은 지면을 할애하여 반복적으로 서술하고 있다.

'어떻게 하면 좋은 사람들을 만날 수 있을까?

'상황에 따라서 좋은 사람을 만나는 방법은 무엇일까?

'어떤 사람이 도움이 될까?

요즘 매스컴에서는 물질문명에 대한 병폐를 많이 다루고 있다. 컴퓨터가 사람과 사람들과의 관계를 단절시킨다고 염려한다. 그러나 엄밀하게 말하면, 컴퓨터가 만들어내는 네트워크는 사람과 사람을 이어주는 시스템이다. 그러니 물질문명이 사람들과의 관계를 단절시키는 것이 아니라 여러 가지 방법으로 더욱 세밀하게 연결하여 주고 있다고 보는 것이 더욱 정확할 것이다.

우리는 사람을 만날 때 어떤 모습을 취하는가. 여기서 사람이란 기존의 친구가 아니라, 새로운 사람을 말한다. 새로운 사람을 만나는 것을 겁내 하는 사람은 성공이라는 단어를 잊어버리는 것이 좋다.

술을 좋아하는 사람이 술친구를 찾기 위하여 도서관을 기웃거리지는 않을 것이다. 남들이 행운이라고 말하는 사건의 이면에는 그 행운을 얻기 위한 수많은 '연습'과 '행동'이 있다. 복권 일등 당첨을 꿈꾼다면 그 행운을 얻기 위하여 복권을 사야 하는 수고가 있어야 한다. 투자가 없이 얻어지는 것은 지극히 작은 우연일 뿐이다.

좋은 사람은 적절한 시간과 장소에 항상 있다. 그리고 그러한 사람을 만났을 때 우리의 행동이 모든 것을 결정한다. 좋은 사람을 만나기 위한 정보와 장소를 알았다면 직접 행동해야 하는 수고를 아끼지 말아야 한다. 내가 상대에게 호감을 표시하였다면 상대방 역시 나에게서 호감을 사기 위해 애쓸 것이다.

대부분의 사람들은 도와준 상대방에 대하여 그 이상으로 도와주고 싶어한다. 그것이 사람이 사는 모습이기 때문이다.

행복은 전염된다. 유쾌한 사람은 그 사람이 어느 곳에 있던지 그곳을 밝고 환하게 만든다. 정말 좋은 사람은 타인에게 꿈을 실현할 수 있는 희망을 주고 할 수 있을 것 같은 용기를 준다.

'한번 해 봐요, 당신은 꼭 할 수 있을 거야!'

'위험을 무릅쓰고 시도해 볼 가치가 있는 일이야.'

말은 쉽지만 누구나 이런 말을 상대에게 해주지는 못한다. 성공한 사람, 좋은 사람과 함께한다면 그들의 운이 옆 사람들에게도 영향을 끼칠 수 있다. 좋은 사람, 성공한 사람을 만나 그들과 이야기를 나누고 교제를 갖는 것은 새로운 기회를 발견하는 열쇠가 된다.

우리는 남은 인생에서 그런 좋은 사람을 얼마나 만날 수 있을까? 그리고 우리는 얼마나 좋은 사람이 될 수 있을 것인가.

용서하는 마음

 우리는 모두 상처 입은 사람이다. 상처를 받는 것은 정확히 마음일 것이다. 누가 우리에게 상처를 주었는가.

언뜻 생각하면 내가 싫어하는 사람, 나를 싫어하는 사람에게 상처를 많이 받을 것 같지만 조금만 주의 깊게 생각하면 주로 내가 사랑하는 사람, 나를 사랑하는 사람, 나와 함께하는 사람들에게 상처를 받고 또 상처를 준다.

그리고 이런 상처는 쉽게 용서가 될 것 같지만 말처럼 쉽지 않다. 용서는 잊어버리는 것을 의미하지는 않는다. 용서는 아마도 지워버린다는 개념에 더 가까울 것이다. 우리가 받은 아픈 상처의 기억은 오랜 시간 동안 심지어는 한평생 우리의 기억 속에 자리 잡기도 한다.

용서는 우리에게 기억하는 방법을 바꾸어 준다. 용서는 나의 저주를 축복으로 바꾸어 줄 수도 있다. 지금의 자신이 어려운 처지에 놓여 있고 그 이유가 다른 누군가의 탓이라고 생각한다면 바로 그 사람을 마음속에서 용서해야 한다. 무기력하게만 느껴지는 내 옆의 사람에 대하여도 용서의 마음을 보내야 한다. 무엇보다도 우리의 기대에 못 미치는 우리 아이들에 대하여도 관대히 용서해야 한다.

그리고 자기 자신에게도 용서를 구해야 한다. 용서를 통하여 나 스스로의 자학 속에서 탈출할 수 있다. 나는 어쩔 수 없는 사람이라는 운명의 틀 속에서 좀 더 자유로워지기 위해서는 용서가 필요하다.

우리는 어찌할 수 없는 일상의 충격 속에 있는 희생물이 아니다. 용서의 감정을 가슴속에 담고 있을 때 통제할 수 없는 힘에 의하여 스스로 파괴되는 우리를 막을 수 있다.

용서를 많이 한 사람은 다른 사람들로부터 더 많은 용서를 받을 수 있다.

용서는 우리 마음속에 깊은 지혜를 심어주고 그 지혜로 우리는 더욱 자유로울 수 있다.

만들어 가는 '나'

우리가 살아가면서 가장 어렵고 가장 중요한 것은 자유로운 생각을 배우는 일이다. 자유로운 생각은 암기에서 배울 수 있는 게 아니라 살아가면서 정말 자유롭게 사고하면서 온몸으로 체감하는 습관인 것이다.

우리는 초등학교 시절 혹은 중학교에 들어가서 소풍을 가서 담임선생님과 급우들과 함께 기념사진을 찍었던 기억들이 있다. 함께 찍은 단체사진을 받아들고 누구의 얼굴을 제일 먼저 찾아보았나, 한번 생각해 보자. 담임선생님인가? 가장 친한 친구의 모습일까? 아니었을 것이다. 사람은 누구나 자신의 얼굴을 제일 먼저 찾는다. 그것은 극히 자연스러운 현상이며, 결국 '나'는 나 자신에게 있어 가장 중요한 존재임을 입증하는 것이기도 하다.

실존 철학의 아버지라 불리는 키에르케고르는 사람이 존재하는 것을 '나와 내 자신이 관계하는 것' 그리고 '나 자신과 관계함으로써 하느님과 관계하고 이웃과 관계하는 것' 이라고 말한다. 다시 이 말과 관련지어 살펴보면 '나' 에게는 두 가지 측면이 있다고 할 수 있다. 하나는 나의 인생의 주인으로서 세상으로부터 독립되어 있는 '나' 이고, 다른 하나는 세상의 한 일부로서 세상과의 관계 속에 서 있는 '나' 인 것이다. 이 두 가지 측면은 따로 떨어져 있는 것이 아니라 통일되어 있는 것이다.

인간은 자기의 의사에 상관없이 자신의 상황에 내던져지듯이 이 세상에 태어났다. 그러나 이 세상의 그 많은 존재자 중에 오직 인간만이 가능존재이다. 인간에게만 그가 누구이며 무엇인지를 스스로 만들어 나가야 할 존재의 책무가 과제로 부과되어 있다. 매미의 매미 존재는 애벌레에 있는 것이 아니다. 매미는 애벌레의 상태를 거쳐 매미가 된다. 그렇지만 거기에 매미가 스스로 선택 결정하여 애벌레냐 매미냐를 결단할 수 있는 기능의 여지는 없다.

그러나 인간은 다르다. 인간은 자기의 선택 결단에 따라 벌레로 머물러 있을 수도 있고 매미가 될 수도 있다. 이렇듯 인간에게 '나' 는 결정된 것으로가 아니라 이제 결단해서 스스로 만들어 나가야 할 '과제' 로 부과되어 있다.

우리 모두는 '나' 를 찾아 나서서 각자가 어떤 모습으로 '나' 로 존재할 것인지를 심각하게 생각해 보아야 한다. 머리끝에서 발끝까지 보는 것은 거울이지만 만드는 것은 바로 자신이다. 우리 자신 모두에게 맡겨진 스스로의 '나' 를 만들어 나가야 하는 존재의 책무를 얼마나 성실히 수행해 나가고 있는지 다시 한번 반성해 보아야 한다.

백년대계(百年大計)

🌱 흔히 나무를 심는 것과 교육은 나라의 백년대계라고 한다. 한 사회의 미래는 교육에 달려 있기 때문이다. 교육을 통해 우수한 인재를 많이 길러낼수록 그 사회의 저력은 강해진다.

얼마 전 수능시험결과가 발표되었다. 지난해와 비교해 큰 폭으로 점수가 떨어져 입시지도를 하는 학교도 수험생을 둔 부모도 난감한 표정들이다. 이중 답안과 문제 출제자에 대한 의혹 때문에 한바탕 난리를 치르기도 했다. 누구보다도 시험을 치른 수험생의 심정이 가장 심난할 것이다. 올 연말 어김없이 마치 연례행사처럼 우리 사회는 입시 홍역을 치르고 있는 것이다.

우리나라의 교육열은 세계에서 둘째가라면 서러워할 정도로 높다. 어떤 조사에 따르면 아기를 기르고 있는 한국 부부들 가운데 96% 이상이 자녀를 '대학까지 보내겠다'고 응답하고 있다. 자원도 빈약하고 국토도 좁은 나라에서 교육열이라도 높은 것은 다행일 수도 있다.

그러나 이 뜨거운 교육열의 이면에는 문제가 있다. 가장 큰 문제는 많은 사람들이 교육을 '개인이 출세하기 위한 수단'으로 이해하는 것이다. 사회적으로 중요한 지위에 오르는 일을 '개인의 출세'라고만 이해한다면, 그 사회는 이기적이고 부정직한 사회가 될 수밖에 없다. 교육은 개인이 출세할 수 있는 수단을 손에 쥐어주는 것이 목적이 아니라, 그 사회의 건전한 구성원을 만들어내는 데에 주된 목적이 있다.

1등만을 기억하는 사회는 각박해질 수밖에 없다. 2등, 3등 심지어는 꼴찌에게 갈채를 보낼 줄 아는 사회가 되어야 한다. 식물의 줄기를 잘라버리면 화려한 꽃도 시들고 마는 것처럼, 화려한 1등 뒤에는 그를 있게끔 뒷받침해 준 수많은 2등들과 수많은 꼴찌들이 있는 것이다.

우리는 달리기 시합에서 비록 꼴찌일망정 중간에 포기하지 않고 끝까지 달리는 사람에 대해서도 박수를 보낼 줄 알아야 한다. 우리가 살고 있는 사회는 1등과 꼴찌가 함께 만드는 것이기 때문이다.

어울림의 미학

얼마 전 백화점에서의 일이다. 많은 사람들과 음악소리로 인해 나도 모르게 발길을 멈추었는데 둘러보니 백화점에서 운영하는 문화센터에서 무료공연을 하고 있었다. 아마도 사교 강좌의 발표회인 듯했는데 중년의 부부들이 땀을 흘려가며 열심히 춤을 추고 있었다. 직업적인 댄서도 아닌지라 조금은 어색한 동작이었지만 그 진지함과 노력하는 모습이 뜨거운 박수를 받는 것은 당연했다.

중년 부부들이 추는 춤에서 나는 아름다움을 발견했다. 그것은 부부이기에 가능한 일치된 호흡과 어울림의 미학이었다.

'쉘위댄스(Shall We Dance)' 라는 영화가 있다. 일상에 지친 40대의 중년 샐러리맨이 춤을 통해 권태로운 삶에서 탈출해 진정한 삶의 가치를 찾아간다는 이야기다. 여기서 춤은 영화 속 주인공에게 일탈의 도구이자 삶을 찾는 해법으로 사용된다. 주인공은 우리에게 말한다.

'삶이 힘들고 지칠 때는 다른 사람과 호흡을 맞추어 보라고······.'

나는 춤을 추지 못한다. 그러나 잘 출 수도 있을 것 같다. 왜냐면 춤이란 무엇인지 조금은 알기 때문이다. 춤이란 함께 추는 상대방과의 커뮤니케이션이며 어울림이다. 상대방을 이해하고 배려하는 마음이 바로 춤이다.

그런 점에서 나는 매일 춤을 춘다. 주위 사람들과 커뮤니케이션하고 동료들과 호흡을 맞추며 '도전' 이라는 흥겨운 춤을 춘다. 중년 부부의 일치된 호흡이 만들어낸 아름다움처럼 나 역시 동료들과의 하나 됨을 통해 멋진 도약을 꿈꾼다.

발전을 바라는 사람이라면 주위사람들에게 먼저 손을 내밀며 말을 건넬 수 있어야 한다. '쉘위댄스' 라고 말이다.

경제적인 축구란

2002년 월드컵이 끝난 지 몇 년이 지났지만 아직도 그 감동은 곳곳에 남아 있으며 그날의 영광을 다시 이으려는 노력들은 끝나지 않았다. 유소년 축구를 지원하기 위한 사업도 계속 되고 있으며 청소년 국가 대표팀의 활약도 우리에게 큰 희망을 주고 있다.

축구경기를 보면 많은 것을 느낄 수 있다. 굳이 '게임이론'을 들지 않아도 축구경기 속에는 무수한 경제의 원리가 숨쉬고 있는 것이다. 우리는 '경제적인 축구시합'이었다는 표현을 자주 접한다. 한쪽 팀이 일방적으로 수세에 몰리거나 적은 횟수의 공격 기회를 가졌지만 단 한 번의 기회를 골로 연결시켜 승리했을 때 이런 표현을 쓴다.

그런데 재미있는 것은 이것이 전혀 경제적이지 못하다는 사실이다. 단순히 공격 횟수라는 수치만을 놓고 본다면 효율적이라고 말할 수 있지만 이것을 '경제적'이라고 하기에는 무리가 따른다.

첫째 공격 기회가 적었던 만큼 힘든 수비를 계속해야 했으므로 '최소비용의 법칙'에 맞지 않는다.

둘째 다른 경기에 비해 한 골밖에 넣지 못하였으므로 '최대 생산의 원칙'에도 맞지 않는다.

무엇보다 관중들에게 즐거운 게임을 선사하지 못했으므로 '최대만족의 원칙'에도 어긋나는 것이다. 이 점이 가장 중요하다.

축구경기가 '가장 경제적인 시합'이 되려면 경기에 임하는 선수나 팀의 시각이 아닌 관중의 시각에서 보아야 한다. 따라서 가장 경제적인 축구는 즐겁고 재미있는 시합이어야 한다. 축구만이 아니다. 스스로의 일상도 마찬가지라고 생각한다. 그러나 더 중요한 것은 그 효과 및 결과다.

저렴한 비용에 작은 결과는 경제적인 일상이 아니다. 정확한 계획과 꾸준한 노력 그리고 만족감으로 이어지는 이른바 '삼박자'를 갖춘 일상이 돼야 한다. 일상에서도 경제의 의미는 대단히 중요하다.

동작, 내 사랑

―지역 언론에 비친 전병헌의 동작사랑

5

동작구내 5대 주요사업의 해결을 통해
우리 동작구가 평당공회 강남을 넘어서는
경제·문화·교육의 중심지로 도약할 수 있도록 끝까지 매진하겠습니다.

동작구를 강남을 넘어서는
경제·문화·교육 중심지로

🌱 1. 노량진 수산시장 현대화에 대한 기대가 큽니다. 국고 확보 등 많은 노력을 기울인 걸로 알고 있는데요. 어떻게 추진되고 있나요?

—지난 20여 년간 표류해 왔던 현대화사업을 위해 지난해 국회 예산 심사과정에서 35억 원 국고 지원을 반영시킨 바 있고, 총 설계용역비 50억 원을 확보하였습니다.

7월 5일 노량진 수산시장을 방문해 현장 점검은 물론 여러 관계자들과 간담회를 가졌고, 7월 12일에는 강무현 해양수산부 장관을 만나 아낌없는 협력과 지원을 약속받은 바 있습니다.

노량진 수산시장은 2011년까지 총 1,882억 원의 예산을 들여 전통적인 수산물 물류기능뿐만 아니라 정보, 문화, 레저 등 수산복합테마파크로 재탄생할 계획입니다. 한강의 수려한 경관과 더불어 수산복합테마파크가 탄생한다면 국제적인 관광명소이자 세계적인 랜드마크가 될 것이라고 확신합니다.

2. 신안산선 대림삼거리역을 신설해 달라는 주민들의 요구가 큽니다. 국회 차원에서도 검토중인 것으로 알고 있는데요. 대림삼거리역 가능하겠습니까?

─주민들이 자발적으로 연대서명은 물론 수십 개의 대형 현수막을 설치했고, 주민 결의대회와 가두행진을 펼칠 정도로 역사 유치를 위한 열의와 요구가 정말 높습니다.

지난 2005년도 국회에서 32억 원, 2006년도 40억 원 등 총 72억 원의 국고예산을 투입해 국가부도사태인 IMF로 인해 중단되었던 신안산선을 사실상 부활시킨 바 있습니다.

지난 5월 14일에는 주민 추진위와 공동으로 국회에 청원을 제출했고, 6월 25일 국회 건설교통위원회 청원소위에서는 모든 의원들의 공감과 지원 속에 이춘희 건설교통부 차관으로부터 경제성, 편의성, 교통 연계성 등을 감안해 전향적으로 검토하겠다는 답변도 받아냈습니다.

7월 23일에는 주민들의 큰 호응과 참여로 국회 공청회를 성공적으로 개최해 새로운 전기를 마련했다는 평가를 받고 있습니다. 지역주민과 함께 역사 유치를 위해 끝까지 모든 노력을 기울여나갈 예정입니다.

3. 그 외에도 여러 대형 지역사업들이 산적해 있는데요. 어떤 비전과 계획을 가지고 계신지요.

─앞서 말씀드린 두 가지 큰 사업 이외에 노량진 뉴타운, 노량진 민자역사, 대방동 미군기지 이전 등까지 합쳐 크게 5대 주요사업이 있습

니다. 노량진 뉴타운은 도시재정비촉진지구 지정을 통해 법률적인 정비와 지원 시스템을 마련했으며, 한층 높아진 경제성과 사업성을 기대할 수 있게 되었습니다.

노량진 민자역사는 서울시가 교통환경영향평가를 조건부 승인해 이를 보완하는 작업이 진행중이며, 건축허가와 실시계획 인가가 떨어지는 대로 멀지 않은 미래에 마침내 첫 삽을 뜰 것으로 기대됩니다.

마지막으로 대방동 미군기지 이전 문제는 2005년 기지 이전 확정 이후 금년 5월말로 반환 절차가 완료되었습니다. 기존 부지를 주민들을 위한 공간으로 활용할 수 있도록 추진해 나갈 것입니다.

이상과 같이 동작구내 5대 주요사업의 해결을 통해 우리 동작구가 명실공히 강남을 넘어서는 경제 · 문화 · 교육의 중심지로 도약할 수 있도록 끝까지 매진하겠습니다.

4. 임기 동안 지역구 활동을 통해 많은 감사패를 받은 걸로 알고 있는데요. 지역활동에 임하는 앞으로의 각오를 듣고 싶습니다.

─지역구민의 성원과 바람에 보답하기 위해 지역발전을 위해 끈질기게 노력했습니다. 그런 저의 활동을 높이 평가해 주셔서 여러 대형 아파트 단지나 사회복지단체인 삼성농아원, 약사회, 신상도초등학교 등에서 과분하지만 뿌듯한 영광을 안겨주셨던 것 같습니다. 더욱 박차를 가해 임해달라는 당부와 격려라고 생각합니다.

지난 3년간의 임기기간 동안 동작구내 대형사업들이 차곡차곡 이루어지고 있습니다. 개인적으로도 매우 기쁩니다. 끝까지 잘 마무리할 수 있도록 더욱 노력하겠습니다. 감사합니다.

2007. 07. 20

전병헌 의원,
노량진 수산시장,
국제적인 수산복합테마공간으로 재탄생

―7월 5일 수산시장 방문해 관계기관 및 상인들과 구체방안 논의
―노량진 주변 대규모 개발사업과 연결해 동작 발전 효과 극대화 추진

전병헌 의원은 지난 7월 5일 새벽 노량진 수산시장을 방문해 현장시설을 점검하고, 시장상인들의 고충과 의견을 수렴했다. 이후 곧바로 수협중앙회, (주)노량진 수산시장, 중도매인 조합관계자들과 함께 간담회를 가져 수산시장 현대화사업의 추진경과, 향후 계획 및 발전방안 등에 관해 논의했다.

노량진 수산시장은 2011년까지 총 1,882억 원의 예산을 들여 전통적인 수산물 물류기능 뿐만 아니라 문화생활을 즐길 수 있는 수산복합테마파크로 재탄생할 계획이다. 이를 통해 노량진 수산시장을 명실공히 국제적인 관광명소이자 수산업의 세계적인 랜드마크로 재개발할 예정이다.

전병헌 의원은 이날 간담회를 통해 현재 진행되고 있는 노량진 수산

수산복합테마파크로 현대화되는
노량진 수산시장을 방문해
시장상인들의 고충과 의견을
가슴에 깊이 새겨두었다.

시장 현대화 사업의 차질없는 진행을 위해 모든 노력을 기울이겠다고 밝히며, 무엇보다 이해관계자(출하주, 중도매인, 시장종사자, 거래처 등)의 불만을 최소화하고 공사기간 중 도매시장 기능이 위축되지 않도록 원활하게 사업이 추진되어야 한다고 강조했다.

아울러 전병헌 의원은 "노량진 뉴타운 개발, 노량진 민자역사 건립, 여의도 샛강생태공원 조성, 지하철 9호선 건설, 경부 제2철도변 시설 녹지 조성계획, 장승배기~여의도 간 고가도로 건설, 서울 경전철 서부선 건설계획 등 대규모 개발사업이 진행중이거나 진행될 예정"이라며, "노량진 수산시장 현대화사업과 주변개발사업을 유기적으로 연계시켜 상호 최대한의 시너지 효과를 창출해 동작구가 제2의 강남으로 도약할 수 있는 기반을 만들어가겠다."고 밝혔다.

전병헌 의원은 지난 20여 년간 표류해 왔던 노량진 수산시장 현대화사업을 위해 국회 예산 심사과정에 35억 원의 국고 지원을 반영시켜 총 설계용역비 50억 원을 확보한 바 있다.

한편, 전병헌 의원은 7월 12일 상도4동에 자리잡은 한국수산업경영인중앙연합회 개관식에 참석해 강무현 해양수산부 장관을 통해 노량진 수산시장 '수산복합테마공간화사업'의 아낌없는 협력과 지원을 약속받고 향후 상호 간 긴밀한 협의를 통해 공동으로 추진해 나가기로 했다.

2007. 07. 12

'신강남 경제 · 문화벨트' 로
지역경제에 큰 활력 기대

―전병헌 의원 동작상공회 초청 간담회에서 동작구 발전 방향 논의

전병헌 의원은 지난 4월 3일 서울상공회의소 동작구상공회(회장 박수석)가 주최한 '전병헌 국회의원 초청 간담회' 에 참석해 지역경제발전과 국정 현안에 대해 30여 분간 강연을 하고, 동작상공회원들과 지역발전 방안에 대해 질의응답을 나누는 뜻깊은 자리를 가졌다. 이날 간담회는 지역 국회의원과 동작구상공회원 50여 명이 함께 지역발전 방향을 논의한 자리였던 만큼 그 의미가 더욱 컸다.

전병헌 의원은 이날 간담회에서 직접 추진중인 '신강남 경제 · 문화 벨트' 라는 동작 발전 대형 프로젝트의 추진 현황과 향후 계획을 설명해 큰 호응을 얻었다. 이 계획은 2007년 착공 예정인 노량진 민자역사, 노량진 수산시장 현대화, 노들섬 문화콤플렉스를 연결시켜 동작구에 문화 · 관광 · 쇼핑 · 자연 등이 어우러진 새로운 경제권을 창출하고, 문화 시설을 대폭 확충해 동작구민들의 문화 향유 기회를 확대시키고

수십 년간 정체되어 온 동작구가
변화와 발전의 새바람이 불면서
신 강남으로 다시 도약할 준비를 하고 있다.
(사진은 2007년 착공예정인 노량진 민자역사의 새모습)

삶의 질을 향상시키는 대형 프로젝트다.

특히, 전병헌 의원은 해양수산부 등과 긴밀히 협의해 노량진 수산시장에 2011년까지 1,800여 억원의 예산을 들여 '제2의 아셈타워' 수준으로 현대화하여 서부 강남권의 랜드마크로 만들 예정이다. 전통적인 수산물 물류기능뿐만 아니라 수산업과 연관 산업의 정보·인력·연구개발과 일반 국민의 여가까지 접목시킨 '수산복합테마파크'로 재탄생시킨다는 계획이다. 노량진 수산시장 현대화 사업은 지난 20여 년간 표류해 왔으나 전병헌 의원이 3년 동안의 의정활동을 통해 구체적인 계획을 세우고, 설계용역비 예산 50억 원(국고 35억, 수협 15억)을 확보해 드디어 시작되었다.

아울러, 전병헌 의원은 노량진 뉴타운 도시재정비촉진지구 지정에도 결정적으로 기여한 바 있다. 도시재정비촉진지구 지정으로 과거 10~20년씩 걸렸던 뉴타운 사업이 주민들의 동의가 효과적으로 이뤄진다면 늦어도 3년 내에 사업시행이 가능하게 되었다. 특히, 기존 뉴타운 사업상 재건축이었던 것이 재개발로 변경되어 사업성과 경제성이 훨씬 높아지게 되었다.

또한, 전병헌 의원이 최초로 제안해 시행중인 대기업·중소기업 이윤 나눠갖기(성과공유제)에 대해 상공회원들의 큰 공감과 호응이 있었다. 성과공유제는 지난 2년 동안 약 3천억 원에 달하는 재분배 효과를 통해 중소기업 경영개선은 물론 민생경제·골목경제 활성화에 기여하고 있다.

전병헌 의원은 간담회를 마무리하며 "동작구 내 상공인들의 지역발전을 위한 노력과 성과에 감사하다."고 전하며, "중소기업과 상공인들에게 활력을 불어넣기 위해 성과공유제 등 여러분의 입장에서 많은 법과 제도를 만들고 세금부담도 줄여 왔다. 앞으로도 계속적인 정책개발과 지원을 위해 노력하겠다."고 밝혀 큰 호응을 얻었다.

2007. 04. 10

전병헌 의원,
신안산선 계획 복원 사실상 확정

—신안산선 대림삼거리역사 유치 위해 전방위 노력
—지역주민 추진위원회와 공동으로 국회 청원 제출

서울 동작구(신대방동)와 영등포(신길동, 대림1, 2동)의 접경지역인 대림삼거리 주변은 10여 개의 대단지 아파트와 3개의 대형병원은 물론 상가와 종교시설 등이 밀집해 있고 10만여 명의 상주인구와 최대 15만 명의 유동인구가 집중된 지역이지만, 지하철 2호선과 7호선 중간에 위치하여 서울시내의 대표적인 교통편의 소외지역이며 지상교통 또한 상습적으로 정체되는 곳이다.

이에 전병헌 의원은 신안산선 노선 중 구로디지털단지역과 신풍역간 2.5km 사이에 '대림삼거리역'을 신설해 지역주민의 교통 편의를 증진시킴은 물론 원활한 대중교통 환경을 조성해 나가기 위해 백방으로 노력하고 있다.

전병헌 의원은 김한길 의원(구로을, 전 국회 건설교통위원장), 천정

'신안산선 대림삼거리역사 유치를 위한
공청회'에서 주민들이 보여준
뜨거운 열의와 순수한 열정을
결코 잊지 못할 것이다.

배 의원(안산 단원갑, 전 법무부장관) 등과 힘을 합쳐 2006년도 국회에서 32억 원, 2007년도 40억 원 등 총 72억 원의 국고예산을 투입해 국가부도사태인 IMF로 인해 중단되었던 신안산선을 사실상 부활시킨 바 있으며, 현재까지 건설교통부·기획예산처 등과 지속적이고 긴밀한 협의를 통해 대림삼거리역 신설을 적극 추진해 온 바 있다.

지난 5월 14일에는 주민들이 자발적으로 결성한 '신안산선 대림삼거리역사 유치 추진위원회(위원장 성병천)'와 공동으로 국회에 청원을 제출해 주민들의 염원을 국회와 정부에 공식적으로 전달했다. 향후 국회 차원에서 보다 심도 깊은 논의가 진행될 예정이며, 이 과정에서 전병헌 의원은 보다 강력하게 주민들의 요구와 역사 유치의 필요성을 피력해 나갈 계획이라고 밝혔다.

전병헌 의원은 "신안산선이 광역철도로 추진되는 사업이라서 역 간 거리가 좁아 '대림삼거리역'을 신설하기가 힘들다고 하지만, 신안산선이 서울시내로 진입한 이후부터는 도시철도에 준하는 기준을 적용해 무엇보다도 실제 이용객인 주민들의 교통편의를 증진시킬 수 있도록 해야 한다."는 입장이라고 밝혔다.

아울러 "'대림삼거리역'이 신설될 경우 이를 매개로 지하철 2호선과 7호선을 한 정거장 거리로 연계할 수 있게 되어 교통편의도가 대폭 증가될 것으로 예상되며, 상주 및 유동인구를 감안한다면 경제성 또한 높을 것"이라고 주장했다.

또한, 전병헌 의원은 "주민들의 자발적인 힘으로 연대서명을 받고,

모든 아파트와 건물·도로 가드레일에 대형 현수막을 설치했으며, 주
민 결의대회를 개최하고 있을 정도로 대림삼거리역사 유치를 위한 주
민들의 열의와 요구가 매우 높다. 지역주민들과 함께 신안산선 대림
삼거리역사 유치를 위해 끝까지 모든 노력을 기울여나가겠다."고 말
했다.

2007. 05. 25

전병헌 의원,
대림삼거리역사 유치 위한 국회 공청회 개최

—건교부 차관, 경제성, 편의성, 교통 연계성 감안 전향적 검토
—주민 열기로 공청회 대성황, 역사 유치 새로운 전기 평가

전병헌 의원(동작갑)은 지난 7월 23일 국회 헌정기념관 대강당에서 '신안산선 대림삼거리역사 유치를 위한 공청회'를 개최했다.

전병헌 의원의 사회로 진행된 공청회에는 이춘희 건설교통부 차관이 함께했으며 정의하 건설교통부 광역철도팀장, 최미희 국회예산정책처 산업사업평가팀장, 김훈 한국교통연구원 연구위원, 성병천 신안산선 대림삼거리역사 유치 추진위원장 등 정부, 국회, 철도교통 전문가, 지역주민 대표자가 참석해 역사 유치 방안, 타당성 여부 등을 놓고 심도 있는 토론을 벌였다.

또한, 조일현 국회 건설교통위원장, 유필우 국회 건설교통위원회 청원소위원장 등도 축하 메시지를 통해 대림삼거리역사 신설에 대해 큰 관심과 격려를 보내주었으며, 지역주민 400여 명이 참석하여 헌정기

넘관을 가득 메워 대림삼거리역사 신설에 대한 뜨거운 열기 속에 진행됐다.

이춘희 건설교통부 차관은 인사말을 통해 "대림삼거리 주변 유동인구나 현재 거주인구 수가 굉장히 많고, 그렇게 본다면 수익성 확보라든지 주변지역 주민들의 이용편익 측면, 교통 편의성 등을 감안해 전향적으로 검토할 필요가 있다."고 밝혔다.

관련 부처 및 전문가들의 긍정적인 검토와 주장, 주민들의 큰 호응과 참여 등으로 성공적으로 개최된 공청회는 신안산선 대림삼거리역사 유치를 위한 새로운 전기를 마련했다는 평가를 받고 있다. 전병헌 의원은 지역주민과 함께 역사 유치를 위해 끝까지 모든 노력을 기울여 나갈 예정이라고 밝혔다.

한편, 전병헌 의원은 지난 2005년도 국회에서 32억 원, 2006년도 40억 원 등 총 72억 원의 국고예산을 투입해 국가부도사태인 IMF로 인해 중단되었던 신안산선 계획을 사실상 복원되도록 노력한 바 있으며, 지난 5월 14일에는 주민 추진위와 공동으로 6,130명의 주민 서명을 받아 국회에 청원을 제출해 6월 25일 국회 건설교통위원회 청원소위에서 모든 의원들의 공감과 지원을 받아 역사 유치의 공감대를 크게 넓혔다.

2007. 07. 27

전병헌 의원,
세목교환으로 자치구 간
재정 불균형 해소 나서

─세목교환 실현 땐 동작구 세수 132억 늘어

전병헌 의원을 비롯해 서울에 지역구를 둔 국회의원 22명은 서울 강남과 강북의 세수 격차가 심각한 수준이라면서 세목교환을 통해 이 문제를 해결해야 한다고 촉구했다.

전병헌 의원 등 국회의원 22명은 국회에서 기자회견을 갖고 "서울시 자치구 간 재정 불균형의 완화를 위해 세목교환을 하는 지방세법 개정안이 지난 2005년 11월 발의됐으나 아직도 국회 행정자치위에 계류돼 있다."면서 "세목교환은 지난 1995년 처음 제기된 후 10년이 넘게 논의가 진행돼 왔지만 강남에 기반을 둔 정치세력에 의해 번번이 좌초됐다."며 이같이 주장했다.

전병헌 의원은 "2007년 예산기준으로 재산세의 최고구인 강남구는 2,090억 원이고 최저구인 강북구는 159억 원으로 두 자치구간 1,900억

원의 격차가 발생하고 있다."면서 "행정자치부에 따르면 강남구와 강
북구의 재산세 격차는 2010년에는 17배의 차이가 나는 3,000억 원,
2017년에는 26배인 9,000억 원의 격차가 발생할 것으로 예상되고 있
다."며 세수 격차의 심각성을 주장했다.

전병헌 의원은 "이런 재정 불균형은 주거 및 생활환경의 격차를 야
기해 강북지역의 상대적 박탈감과 소외감을 발생시키고 있다."면서
"향후 극심해질 재정 불균형은 박탈감과 소외감을 넘어 사회통합을
저해하고 국가발전의 걸림돌이 될 것"이라고 지적했다.

아울러, 전병헌 의원은 "2006년 자치구별 재산세 부과현황에 따르
면 우리 동작구(250억 원)의 경우도 강남구(1,966억 원)와 약 8배의 격
차가 난다. 계속해서 심각해지는 서울의 불균형 발전을 이대로 더 이
상 방치할 수 없다."며 "세목교환을 위한 지방세법 개정안의 2월 임시
국회 통과를 강력하게 요구하며 이를 관철시키기 위해 최선의 노력을
다하고자 한다."고 거듭 개정안의 통과를 촉구했다.

행정자치부 자료에 따르면, 전병헌 의원이 촉구한 세목교환이 이루
어질 경우 동작구의 세수가 약 132억 원 가량 증가할 것으로 나타났
다. 우원식 의원이 대표발의한 지방세법 개정안은 자치구 간 극심한
편차를 보이고 있는 '구세(區稅)'인 재산세를 시가 걷고 비교적 세수
편차가 미미한 '시세(市稅)'인 담배소비세, 자동차세, 주행세를 자치
구가 걷도록 해 구 간 재정 격차를 줄이는 내용이 골자다.

2007. 02. 26

전병헌 의원,
농아원 기숙사 증축
특별교부금 3억 확보 지원

―감사패 수상, 청각장애아동 교육환경 개선 기여

🌿 전병헌 의원(동작갑, 통합신당모임 전략기획위원장)은 3월 14일 청각장애아동들의 공동생활 터전인 삼성농아원(원장 정명규, 동작구 상도4동 소재)으로부터 감사패를 수상했다. 전병헌 의원은 올해 삼성농아원 기숙사 신축을 위해 행정자치부 특별교부금 3억 원을 확보하여 지원했다. 이를 통해, 50여 평을 증축해 실내정원과 아동도서실 등을 조성하고 심야전기·냉난방 주방설비 등을 공급해 청각장애아동들의 복지와 교육환경 개선에 크게 기여한 바 있다.

삼성농아원 정명규 원장은 "전병헌 의원이 평소 장애인에 대한 남다른 관심과 애정으로 국가 정책 및 입법 활동을 통해 장애인 복지향상과 권익증진에 기여한 바가 지대하여 감사패를 드리게 되었다."고 말했다. 정명규 원장은 "특히 삼성농아원이 청각장애아동들의 복지와 교육을 위한 공동생활 터전으로 자리잡고 발전하는데 큰 역할을 해주

청각장애아동들의 공동생활터전인
삼성농아원의 기숙사 증축을 지원하여
농아원으로부터 감사패를 받았다.

서서 감사패에 모든 농아원 가족들의 감사와 사랑의 마음을 담아 드렸다."고 밝혔다.

전병헌 의원은 수상소감을 통해 "저의 노력을 통해 우리 청각장애아동들의 쉼터이자 교육장인 삼성농아원이 새로운 시설과 환경을 통해 한층 업그레이드되어 매우 기쁘고 뿌듯하다."며 "여러분의 감사와 사랑의 마음을 가슴 깊이 새겨 장애우들의 복지향상과 권익증진을 위해 더욱 열심히 하겠다."고 밝혔다.

한편, 전병헌 의원은 포스코건설과 협의해 신상도초등학교에 8개 교실과 한 개의 강당이 설치된 5층 건물을 신축하도록 해 교내 청각장애 학우들은 물론 신상도초등학교 학생들의 교육환경을 크게 개선해 낸 바 있다.

2007. 03. 26

전병헌 의원,
아파트 원가 공개법 등 처리 전략 주도

―분양가 상한제 · 원가공개 실시되면 15%~25% 분양가 하락되어 집값 안정 기대
―지방세목교환 통해 주민 부담없이 동작구 세수 132억 증액도 추진

지난 2월 28일 국회 건설교통위원회 법안심사소위원회에서 주택법 개정안이 통과됨에 따라 민간택지에서도 분양가 상한제와 원가 공개가 오는 9월 실시될 가능성이 한층 높아졌다.

통합신당 전략기획위원장 전병헌 의원은 "각종 여론조사에서 80% 이상의 국민이 찬성할 정도로 압도적인 지지를 받았던 아파트 분양원가공개와 아파트 분양가격 상한제가 한나라당의 반대와 저지, 일부 의원들의 소극적인 분위기로 인해 좌초될 위기에 놓이기도 했다."며, "모든 정책과 입법의 전략적 지휘를 맡고 있는 전략기획위원장으로서 통합신당 소속인 건교위원장의 영향력을 십분 활용하는 전략 구사와 함께 소속의원들 5명의 역할 분담을 통해 주택법 개정안 통과를 주도해낼 수 있어 보람이었다."고 말했다.

실제로 통합신당 모임은 여·야 협상 교착상태에서 전병헌 의원의 주도하에 건교위원장의 직권상정 압력, 2차례의 토론회 등을 통한 여론 압박 작전을 병행하여 여·야를 협상 테이블로 이끌어내는 효과를 보았다는 평가를 받았다.

아울러 전병헌 의원은 "분양가 상한제와 원가 공개가 이루어지면 최소 15%에서 최대 25%까지 분양가가 하락하게 되어 집값 안정의 지렛대 역할을 할 수 있을 것이며, 부족하지만 내집 마련의 꿈을 갖고 있는 국민들의 부담이 어느 정도 경감될 수 있을 것"이라고 밝혔다.

한편, 전병헌 의원은 "서울시의 불균형 개발의 부작용으로 자치구간 재산세 세수 격차가 최대 13배까지 나고 있는 실정이고, 우리 동작구도 강남구와 8배의 차이가 난다."고 지적하며 "지방세목교환을 실현시킬 경우 동작구의 세수가 주민들의 추가 부담없이 약 132억 원 가량 증가되어 동작구 발전을 위한 재정적 기반을 확보할 수 있다. 세목교환을 골자로 한 지방세법 개정안 통과를 위해 전력을 기울이겠다."고 밝혔다.

2007. 03. 01

전병헌 의원 제안한
대기업·중소기업 이윤 나눠갖기 확산

—대기업 참여 증가로 692개 중소기업과 약 3,000억 재분배 효과
—중소기업 경영개선, 일자리 창출, 민생경제 활성화 큰 기여

전병헌 의원이 '민생최우선·생활중심정치'를 기치로 국회에서 최초로 제안한 대기업의 이윤을 중소기업과 함께 나눌 수 있도록 하는 '성과공유제'가 산업계 전반에서 지속적으로 확산되고 있어 대기업과 중소기업 간 양극화 해소는 물론 민생경제 활성화를 위한 디딤돌이 되고 있다.

전병헌 의원은 2005년 2월 임시국회 경제분야 대정부질문에서 "삼성, 포스코, LG, 현대차, SK 등 국내 5개 대기업의 지난 연말 성과급 규모가 3조 원이 넘지만, 정작 중소협력업체의 기여분에 대한 보상이 이뤄지지 않고 있다."며 이를 해결하기 위한 '대기업과 중소협력업체 간의 성과공유제' 도입을 최초로 주장한 바 있다.

최근 산업자원부 자료에 따르면, 2007년 2월 현재 포스코, 삼성전자,

"대기업 수익 협력社와 나눠갖자"

전병헌의원, 성과공유제 제안

15일 국회 대정부질문에서 열린 우리당 전병헌 의원(사진)은 "대기업의 이윤을 협력업체와 나눠 갖는 방안을 고려해야 한다"고 주장했다. 전 의원은 주주의 투자, 종업원의 노력 외에 협력업체들의 희생이 있기에 대기업이 수익을 올리는 것이라고 진단, 이같이 주장한 것이다.

전 의원은 "지난해 수출 위주의 대기업들은 단군 이래 최고 실적을 올렸고, 특히 지난해 말과 설 연휴를 전후해 삼성, 포스코, LG, 현대

차, SK 등 5개 대기업에서 성과급으로 풀린 돈이 무려 3조원"이라고 소개하고 "하지만 협력업체 노동자들에게는 남의 이야기일 뿐"이라고 지적했다.

그는 "대기업이 적정 수준 이상의 이윤을 확보했을 경우 기업과 임직원 간에 이뤄지는 '이익 배분제'를 대기업과 협력업체 간에도 도입해야 한다"고 역설했다.   이철호 기자

국회에서 최초로 제안한 성과공유제가 산업계 전반으로 확산되는 것을 보며 큰 보람을 느꼈다.

현대자동차, 한국전력, SK 등 26개 대기업이 성과공유제에 참여하고 있고 올해 안에 27개의 대기업이 새롭게 실시할 예정이다. 아울러, 성과공유제를 통해 대기업의 이윤을 나눠갖는 중소협력업체 수도 지난 2005년 478개에서 2006년 12월에는 692개로 늘어났으며 성과공유 금액도 1,460억 원에서 2,940억 원으로 2배 이상 늘어났다.

성과공유제는 2005년 2월 전병헌 의원이 국회 본회의 질의를 통해 제안하고, 이어 5월 16일 노무현 대통령 주재로 4대 그룹 회장단과 중소기업 대표가 참석한 '대기업·중소기업 상생협력 대책회의'가 개최되면서 본격적으로 추진되었다. 성과공유제는 중소기업의 이익이 증가되면서 중소기업의 경쟁력 강화와 신기술 개발 등의 기틀이 되고 있다는 평가를 받고 있으며, 이를 통해 새로운 일자리 창출과 중소기업 종사자들의 소비 증가에 따른 민생경제 활성화에도 기여하는 부가효과가 크다고 분석되고 있다.

전병헌 의원은 "제가 제안하고 시행된 성과공유제가 지난 2년 동안 매년 증가세를 보이면서 중소기업의 이익이 증가되고, 지역·민생·골목경제 활성화에 기여하게 돼 상당히 보람이 크다."며 "성과공유제를 더욱 확대시키기 위해 참여하는 기업들에게 세제 지원이나 융자금 대출 등 일정한 혜택을 부여하는 방안을 마련해나가겠다."고 밝혔다.

2007. 03. 10

전병헌 의원,
소기업·소상공인 위한
경영환경 개선 위해 노력할 것

— '한지 한복패션쇼' 베스트 모델로도 선발

지난해 12월 28일 300만 소기업·소상공인의 기를 살리고 상호 협력을 통한 상생 기틀을 마련하기 위한 '제1회 전국 소기업·소상공인대회'가 국회의원회관 대강당에서 열렸다.

행사에 참석한 전병헌 의원은 "국내 소기업·소상공인 규모는 영세하지만 전체 사업자의 97.1%(286만 2천 개), 전체 고용인력의 67.7%(970만 명)로 국민경제에 막대한 비중을 차지하고 있다. 그야말로 국민경제의 모세혈관 역할을 하면서 국가 경제위기 때마다 역경을 극복하고 경제성장의 원동력이 되어 왔다."고 말했다.

또한, 전병헌 의원은 "소기업·소상공인의 역할에 비해 그들에 대한 정부의 관심과 정책적 배려는 대기업·중기업에 비해 상대적으로 미흡한 게 사실"이라며, "300만 소기업·소상공인들이 저력을 십분 발

경기 침체로 어려움을 겪고 있는
소기업 · 소상공인의
사기 진작을 위한 한지 한복패션쇼에
참석하여 베스트모델 선정돼
'살구꽃상' 을 받았다.

휘해 민생경제 활성화와 내수 진작에 기여할 수 있게 하려면 각종 불합리한 규제와 제도의 개혁 등을 통해 경영환경을 개선해 나갈 필요가 있고, 앞장서서 추진해 나가겠다."고 밝혔다.

한편, 소기업·소상공인들을 위로하기 위해 식전행사로 열린 한지 한복 패션쇼에서 전병헌 의원은 여·야 동료의원 14명과 함께 패션모델로 참가하여 한지로 만든 한복의 아름다움을 한껏 뽐냈다. 특히, 전병헌 의원은 한복이 가장 잘 어울리는 베스트모델로 선정되어 최우수상인 '살구꽃상'을 수상하기도 했다.

전병헌 의원은 17대 국회 등원 이후 지속적으로 민생경제 활성화를 위한 다각적인 활동을 펼쳐온 바 있다. 대기업의 이윤을 중소기업과 함께 나눌 수 있도록 하는 '성과공유제'를 제안해 현재 20개 기업(2006. 12)에서 시행중에 있으며, 택시업계의 불황 타개책의 일환으로 택시 LPG 특소세 면세와 최저임금제 도입을 강력히 주장해 온 바 있다. 또한, 지난해 11월 정기국회 대정부질문에서는 동작구에 거주하는 영세상인들의 목소리를 직접 국무총리와 국무위원에게 전달하며 민생경제 활성화를 위한 구체적인 청사진을 요구하기도 했다.

특히, 현재 '민심·민생·민의'를 지향하는 초선의원 모임인 '국민의 길' 대표간사를 맡아 국민의 피부에 와닿는 정책 발굴과 입법 활동을 위해 맹활약 중이다.

2007. 01. 19

집권여당 기득권 내놓은
전병헌 의원

―민생 최우선 '생활중심정치' 매진 다짐

전병헌 국회의원(동작갑)은 지난 2월 6일 집권여당인 열린우리
당을 탈당한 바 있다. 이후 전병헌 의원은 '중도개혁통합신당추진모
임(이하 통합신당 모임)' 이라는 원내 교섭단체를 결성했고, 핵심지도
부 중의 한 명인 전략기획위원장을 맡아 통합신당 모임의 방향과 진로
를 설정하는 주도적인 역할을 하고 있다.

17대 국회 등원 이후 매년 '1등 국회의원' 이라는 타이틀을 달고 다
닐 정도로 의정활동에 충실했던 전병헌 의원은 열린우리당을 탈당한
배경과 이유에 대해 "정치가 우리 서민의 아픔을 어루만지지 못하고,
국민의 신뢰를 얻지 못하는 현실이 참으로 안타까웠다. 국민의 삶과는
별 상관없는 이념을 가지고 대립하고, 정제되지 않은 칼날 같은 말로
국민의 아픔을 덧나게 하는 현실이 죄스러웠다." 며 "오랫동안 깊은 회
의와 번민으로 밤잠을 설칠 수밖에 없었다." 고 말했다.

대정부질문에서
동작구에 거주하는 주민들의
목소리를 생생하게 전달하며
그들을 대신하여 총리와 정부를
매섭게 질타하였다.

아울러, 전병헌 의원은 "집권여당의 따뜻한 품을 떠나 소수로 남는다는 것은 상상을 초월할 정도의 깊은 고민과 과감한 결단이 필요했다."고 탈당을 하기까지의 힘들었던 심경을 고백하며, 이 과정에서 "위험하고 고독한 길임을 너무나 잘 알지만 절대다수의 동작구민께서 힘과 용기를 주었다."고 말했다.

전병헌 의원은 향후 계획에 대해 "이념과 주장이 아닌 검증된 경험과 이론을 통해 국민들에게 봉사할 수 있는 새로운 정치를 시작하겠다. 국민의 먹고 사는 문제를 최우선의 가치에 두고 국민을 겸허하게 받드는 노력을 더 열심히 해나가겠다."며, "민생을 최우선 과제로 해결해가는 정치, 국민의 아픔은 어루만지고 가려운 곳은 긁어주는 '생활중심정치' 실천을 위해 더욱 노력하겠다."고 힘주어 말했다.

17대 국회 등원 이후 '국민의 눈높이에 맞춘 생활중심정치'를 모토로 다각적인 활동을 펼쳐온 전병헌 의원은 대기업의 이윤을 중소기업과 함께 나눌 수 있도록 하는 '성과공유제'를 최초로 제안해 현재 20개 기업(2006. 12)에서 시행중에 있으며, 택시업계의 불황 타개책의 일환으로 택시 LPG 특소세 면세와 최저임금제 도입을 강력히 주장해 온 바 있다.

또한, 지난해 11월 정기국회 대정부질문에서는 동작구에 거주하는 영세상인들의 목소리를 직접 국무총리와 국무위원에게 생생하게 전달하는 새로운 방식으로 주목을 끌었으며, 민생경제 활성화를 위한 정부의 구체적인 청사진을 요구하기도 했다.

2007. 02. 22